Rosemarie Schindler

Küchenkräuter - Unkraut
und
allerlei Viehzeug

Herstellung und Verlag:
Books on Demand GmbH, Norderstedt.
ISBN 978-3-8334-7669-3

__Inhaltsverzeichnis__

Vorwort

Haben Sie einmal versucht, einem Wiesenstück, verschont von Herbiziden, Insektiziden und anderen chemischen Bomben, einen Garten abzutrotzen? Und zwar einen Garten, der auch weiterhin ohne all diese Gifte gedeihen soll. Und noch dazu einen Kräutergarten! Wenn sie es versuchen wollen, so möchte ich Ihnen sagen, ich hoffe Sie sind mit einer ordentlichen Portion Sturheit und Ausdauer gesegnet. Wenn nicht, fangen sie erst gar nicht an.

Zum Glück besitze ich diese Sturheit und kämpfe unverdrossen gegen Unkräuter aller Art. Aber auch gegen kleines Viehzeug. Nicht immer weiß ich, ob sie nützlich oder schädlich sind, all die Tierchen, die da krabbeln, kriechen und fliegen. Aber da ich keine Tiere töte - sie freuen sich ja auch des Lebens - so befördere ich diejenigen, die mir verdächtig erscheinen, hinaus auf die freien Wiesen, deren es hier so viele gibt. Seit mehr als 10 Jahren tue ich dies alles. Mittlerweile bin ich Mitte siebzig und verfolge weiterhin meine Vorstellung von einem wunderschönen Kräutergarten.

Wieso Kräutergarten, werden Sie vielleicht fragen. Große mehrjährige Stauden und auch manche Blumen überwuchern doch das Unkraut. Warum gerade Kräuter? Das ist doch so eine pingelige Arbeit! Und mit Blütenzauber sind sie ja auch nicht sonderlich verschwenderisch. Die Antwort ist einfach: Jedes Mal, wenn ich früher aus irgendeinem Grunde ein Kloster besichtigte, begeisterten mich die dortigen Kräutergärten. Schön gepflegte Beete, jedes sauber begrenzt, meist mit Buchs, und darüber hinaus die erholsame Stille und Ruhe, die an solchen Orten zu finden ist. Solch einen Platz der Besinnung wollte ich mir schaffen. Von dem Nutzen der Kräuter für Küche und Gesundheit ganz zu schweigen. Allerdings, ich gebe es zu, hat sich mein Interesse im Laufe der Zeit auch vielen anderen Pflanzen zugewendet. So ziehe ich mit Erfolg gerne Obst- und Zierbüsche aus Stecklingen, pflanze wo immer es geht Blumen und auch junge Bäume. Wenn ich im folgenden von meinen endlosen Bemühungen berichte, so tue ich es nicht chronologisch, sondern ganz einfach so, wie mir die Dinge in Erinnerung geblieben sind. Nur wie alles anfing, das will ich in der richtigen Reihenfolge erzählen.

Wie alles begann

Meine Familie hatte das Glück gehabt, in Südfrankreich ein schönes altes Bauerngehöft mit 60 Hektar Land erwerben zu können. Das Berufsziel meines Sohnes war es, sich dem Anbau biologischen Obstes und Gemüses sowie vieler weiterer Tätigkeiten, die im Zusammenhang mit nicht nur landwirtschaftlicher Ökonomie, sondern verschiedensten Umweltproblemen stehen, zu widmen.

Die Hälfte des Grundstückes besteht aus Wald, meist wilde Esskastanien, und die andere Hälfte aus Weide- und Ackerland sowie einem kleineren, ca; 1,5 ha. grossem See. Dieser wird von zwei Quellen gespeist, deren eine auch unseren gesamten Bedarf an Trinkwasser deckt. Das Wasser des Sees dient auch den Bewässerungsanlagen für die Felder. Das ganze Grundstück war nie mit irgendwelchen Giftstoffen behandelt worden, also beste Vorraussetzungen für dieses Unternehmen. Ich will hier aber nicht von dem Werdegang des Gehöftes, den vielen Lernprozessen, Erfolgen und auch manchem Rückschlag erzählen, sondern von meinen Bemühungen im Kampf um einen schönen Kräutergarten.

Zwar habe ich meinen Wohnsitz in der Schweiz, aber die Zeit von Frühling bis Herbst verbringe ich seit meiner Pensionierung in Frankreich und das reicht aus, um einen schönen Garten zu gestalten. Zu den jeweils letzten Arbeiten im Herbst gehört dann das Anbringen von Winterschutz an mehrjährigen frostempfindlichen Pflanzen.

Schon als Kind liebte ich die Arbeiten in Garten und auf dem Feld, und in den Schulferien fuhr ich am liebsten zu Verwandten auf dem Land, die einen großen Hof besaßen. Dort konnte ich bei fast allen Arbeiten mithelfen und lernte so allerhand beim Heuen, der Korn- und Kartoffelernte und vielen weiteren Arbeiten und fast alles noch ohne moderne Landwirtschaftsmaschinen. Gar manches war körperlich recht anstrengend, aber gerade dies machte mir Spaß. Das empfand ich als richtige Herausforderung. Und vor allem liebte ich die Natur und beobachtete alles, was draußen um mich herum geschah. Diese Sehnsucht nach dem „Draußen" hat mich mein ganzes Leben begleitet, und so war es kein Wunder, dass ich nach vielen Jahren einer Berufstätigkeit, die mich an den Schreibtisch zwang, von der Idee meines Sohnes begeistert war. Welche Aktivitäten ich mir in Gedanken für die Zeit nach meiner Pensionierung ausgemalt hatte, will ich gar nicht beschreiben. Zu schnell musste ich einsehen, dass ich, trotz guter Kondition, sehr vieles gar nicht mehr leisten konnte. Allerdings muss ich zugeben, dass ich oft Dinge tue, die man besser jungen Leuten überlassen sollte. Aber der Gedanke an einen schönen Kräutergarten ließ mich nicht mehr los. Hatte ich ohnehin schon viele Bücher verschiedenster Art über Pflanzenzucht, so häufte sich in meiner Bücherwand eine weitere ansehnliche Anzahl schlauer Ratgeber, wollte ich doch möglichst professionell an die Sache gehen. Und so begann diese nimmer endende Geschichte.

Das Gehöft liegt nicht in einem Dorf, sondern etwas abseits davon und ist von allem dazugehörigen Land und Wald umgeben.

Am See findet man zu jeder Jahreszeit erholsame Ruhe.

Im Frühsommer ist das Ufer von einer Fülle
wilder gelber Schwertlilien gesäumt.¨

Wunschdenken und Realität

Wenn sie die nächsten Zeilen lesen, werden Sie fragen „wo bleiben die Kräuter?" Schneller als mir lieb war, musste ich nämlich erkennen, dass sich meinem Vorhaben unendlich viele Schwierigkeiten in den Weg stellten. Ein schöner Kräutergarten braucht Zeit, sehr viel Zeit und Geduld. Das wollte ich den Kräutern auch durchaus schenken. Aber nur warten, dass wollte ich auch nicht. Gibt es doch eine Menge Pflanzen, sowohl Gemüse als auch Blumen, die einem sehr schnell große Freude bereiten können. Außerdem haben sie dank ihrer Größe bessere Möglichkeiten, das unermüdlich sprießende Unkraut zu überragen, so dass man wesentlicher leichter jäten kann. Hinzu kam noch, dass das große Grundstück einem geradezu herausforderte, an den verschiedensten Stellen Blumen und Büsche zu pflanzen. Das führte dazu, dass ich überall sehr viel Zeit mit diesen Tätigkeiten verbrachte, um die nähere Umgebung des Gehöfts und den Hofbereich selbst zu verschönern. Ganz zu schweigen von meinem Balkon, dem Platz vor dem Hauseingang und dem kleinen Hausgarten.

Im Wesentlichen konzentriere ich mich zwar im auf den „Kräutergarten", aber insbesondere auf all die Umstände, die damit verbunden waren, ihn zu realisieren.

11

Vor meinem Hauseingang

Wer die Wahl hat, hat die Qual

Zunächst ging es ja einmal darum, einen geeigneten Ort für die Anlage des gewünschten Gartens auszuwählen. Nicht zu weit entfernt vom Gehöft, denn Kräuter möchte man dann frisch zur Verfügung haben, wenn man das Essen zubereitet. Also sollte der Weg nicht zu weit sein. Von den ersten Versuchen, die sich über zwei Sommer an zwei verschiedenen Plätzen abspielten, will ich hier nur so viel berichten: Ich liebe Stangenbohnen über alles. Dass sie recht schnell keimen wusste ich noch aus meiner Kindheit vom elterlichen Garten. Nachdem ich mir aus dem Wald mit männlicher Hilfe etliche Stangen besorgt hatte und diese tief genug im Boden gesteckt waren, machte ich mich voller Eifer daran, um die Stangen herum eine kreisförmige Vertiefung zu machen und die Bohnen hineinzulegen. Dies konnte ich alles noch gut aus der Erinnerung bewältigen. Die Erde hielt ich immer leicht feucht, und nach wenigen Tagen zeigten sich bereits die ersten grünen Spitzen der keimenden Pflanzen. In Gedanken sah ich mich schon beim Ernten! Ach welche Enttäuschung. Vielleicht nur zwei Tage später traute ich meinen Augen nicht: all die ersten grünen Pflänzchen, die das Licht der Welt erblickt hatten, wiesen Spuren von Schneckenfraß auf. Ich hätte heulen können. Gift streuen? Kam überhaupt nicht in Frage. Erstens lehnte und lehne ich es heute noch ab, Tiere mit Gift zu bekämpfen und zum anderen durfte auf unserem Grundstück überhaupt kein Gift zum Einsatz gelangen. Also was war zu tun? Wohlgemeinte Ratschläge aus meinen vielen Büchern halfen überhaupt nichts. Da kamen mir die kleinen Hütchen in den Sinn, die ich in Gärtnereien über den jungen Salatpflanzen gesehen hatte. Natürlich, das war's. Wieso kam mir erst jetzt dieser Gedanke. Ich machte mich also an die Fertigung von Plastikhütchen. Von den in Unmengen bei uns fast immer vorhandenen leeren Mineralwasserflaschen schnitt ich einfach die Hälfte ab, verklebte die obere Öffnung und hatte so ideales Schutzmaterial für die Bohnen. Mühsam war es schon, da ich für fast jedes Pflänzchen ein Hütchen machen musste, war doch die Stange in der Mitte im Weg, um mehrer Pflanzen auf einmal zu schützen. Schon glaubte ich, Erfolg zu haben. Weit gefehlt. Das Glücksgefühl hielt nur drei Tage. Eine Pflanze nach der anderen wurde das Opfer von Schnecken. Aber was waren das für Schnecken? Ich ließ mich aufklären. Dies sind „Ackerschnecken" erklärte mir ein Bauer. Die sind auch in der Erde. Kleine Viecher, die man kaum wahr nimmt. Ja so war es. Die kamen von unten an die Pflänzchen heran und zerstörten sie von Grund auf. In jenem Sommer gab es keine einzige Stangenbohne aus eigener Ernte. Noch so manch andere zwar nützliche, aber doch sehr enttäuschende Erfahrung auf diesem Stück Boden musste ich machen. Meist aufgrund der Tatsache, dass sich an diesem Platz die Nässe staute.

An einem anderen Platz, den ich mir dann aussuchte, waren die Erfahrungen zwar anderer Art, aber ebenso entmutigend. Beim ersten Betrachten fiel es gar nicht auf, aber bald zeigte sich, dass der Boden völlig ungeeignet war. Oberflächlich betrachtet, schien der Boden gut. Aber etwas tiefer war er so steinig, dass jede Bemühung, tiefere Löcher für einige größere Pflanzen zu machen, in einer endlosen Suche nach einer geeigneten Stelle verlief. Ganz zu schweigen von den erfolglosen Bemühungen, umgraben zu können.

Diese schönen Steine habe ich zusammengesucht, um daraus eine Trockenmauer am Eingang zu meinem Kräutergarten zu bauen. Bisher aber ein ziemlich erfolgloses Bemühen.

Am dritten Ort schienen dann die Voraussetzungen am günstigsten.

Das Kapitel der Steine wäre übrigens eine eigene Geschichte. Aber wir haben durchaus auch unsere Freude daran, und zwar nicht nur, wenn sie zu irgend einem Zweck gebraucht werden, sondern besonders dann, wenn man die schönen alten Naturmauern betrachtet, die sich an vielen Stellen des Grundstücks befinden.

So sieht eine gute Trockenmauer aus. Sie ziehen sich hier durchs ganze Gelände.

Endlich der richtige Platz

Nachdem ich nun schon etliche unerfreuliche Erfahrungen gesammelt hatte, wollte ich umso sorgfältiger vorgehen. Als Voraussetzung dafür schien es mir wichtig, zunächst einmal einen Plan für die Anlage zu entwerfen. Dabei war es klar, dass ich einige Beete auch für Blumen reservieren wollte und später vielleicht auch für etwas Gemüse, wie z.B. Gurken und Salat. Wie das alles aussehen sollte, kann man dem Plan (siehe Seite 19) entnehmen.

Mit großem Elan fing ich an, den vorgesehen Platz auszumessen. Dann begann die zeitraubende, mühevolle Arbeit dieses wilde Wiesenstück in Gartenland umzuwandeln. Zunächst benötigte ich schon Hilfe, denn es bedurfte dazu des Einsatzes des Traktors, um mit dem Giroprakteur den Boden überhaupt einmal aufzureißen. Dann begann die für mich anstrengende Arbeit, alles ordentlich umzugraben. Dafür habe ich vermutlich sehr viel mehr Zeit als jeder andere gebraucht. Lange betrachtete ich die Gräser und kleinen Blumen, die zwischen den Erdschollen hervorschauten, und all das Gekrabbel aller möglicher Insekten, bevor ich mich entscheiden konnte, den Spaten anzusetzen. Eigentlich war es ja gemessen an dem umgebenden Wiesen- und Weidegelände nur ein winziges Stück. Trotzdem hielt ich immer

wieder ein und beobachtete und beobachtete alles aufs Genaueste.

Nach durch Wetterverhältnisse erzwungenen Arbeitspausen war nach einigen Wochen alles umgegraben. Es war schon klar: diese eine Aktion würde keinesfalls genügen. Jedes einzelne Beet würde man wieder und wieder umgraben und durchharken müssen, bis alles von Unkrautwurzeln befreit und zum Pflanzen und Säen bereit war. Aber nun wollte ich doch endlich damit anfangen, den Garten einzuteilen. Nach alter Sitte spannte ich also eine Schnur für die vorgesehenen Wege entsprechend meiner Zeichnung. Dann fing ich an, die Wege der Schnur entlang zu trampeln. Aber was war das? Immer wieder geriet ich etwas von der geraden Schnur ab. Des Rätsels Lösung war schnell gefunden. Der Untergrund war keineswegs gleichmäßig. Mitunter waren dicke Klumpen unter meinen Füssen oder auch dickere Steine, die ich beim Graben nicht rausgenommen hatte. So glichen meine Trampelpfade immer etwas einer Schlangenlinie. War ich nicht mal in der Lage einen geraden Gartenweg herzustellen?. Ich war wirklich wütend. Noch einmal von vorne anfangen? Nein, keinesfalls. Grob stimmten die Wege ja, und wenn ich an die einzelnen Beete ran ging, konnte ich die Ränder nochmals gerade abstechen. So beschlossen und auch durchgeführt. Nun sah das Ganze doch schon recht erfreulich aus.

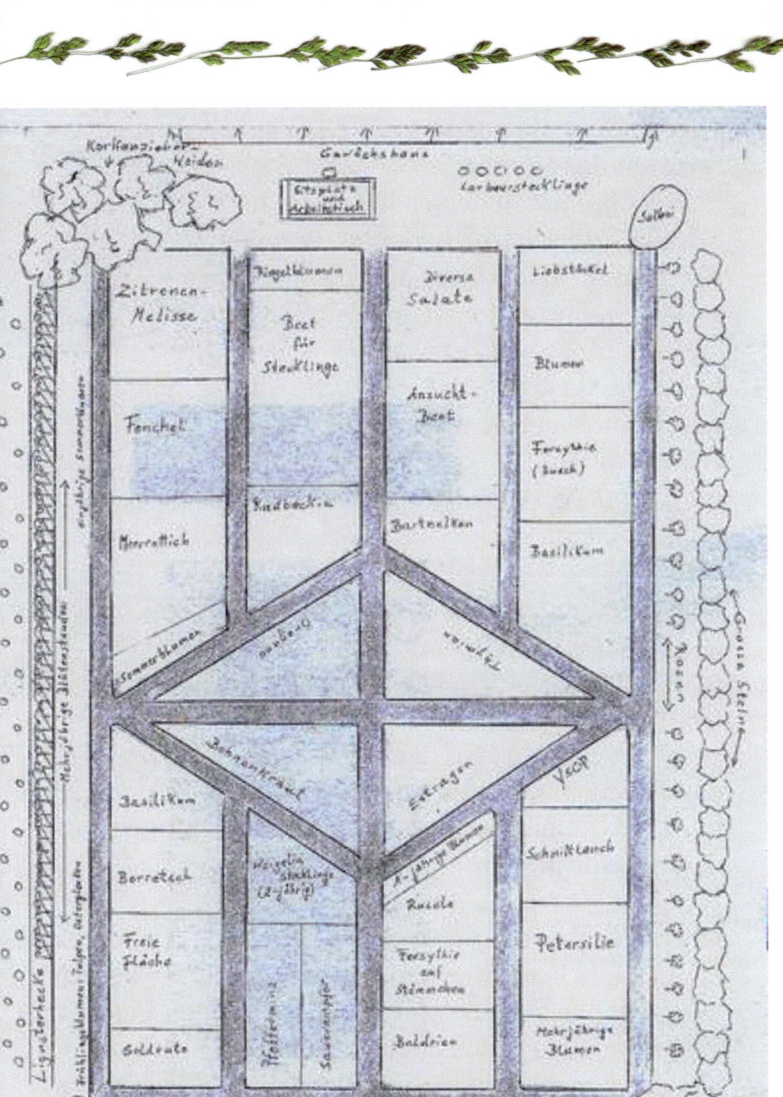

19

Da mittlerweile schon zwei Monate vergangen waren, wurde mir eindeutig klar, dass ich mein Arbeitsprogramm unterschätzt hatte.In diesem ersten Jahr würde ich mich darauf beschränken müssen, nur einige Beete bepflanzen zu können. Welchen sollte ich den Vorzug geben?

Und nun begann eine Odyssee all die Jahre hindurch, nicht nur die Beete im Kräutergarten betreffend, sondern all jene Arbeiten, die der Verbesserung und Verschönerung der allgemeinen Umgebung dienten.

Diese Irrfahrten betreffend Kräuter, Gemüse und Blumen umfassten eine reiche Palette, die mir so manchen Lernprozess nicht ersparte. Zu Hause im Garten meiner Eltern wuchsen viele Dinge ganz prächtig, die hier gar nicht gedeihen wollten. Manche Pflanzen, die hier angebaut werden, kannte ich nur dem Namen nach, hatte also keine Ahnung von deren Bedürfnissen.

Ich bezwang meine Ungeduld und begann zunächst einmal mit Petersilie und Schnittlauch. Das gedeiht ja eigentlich überall. Mit dem Schnittlauch ging das sehr gut. Der wuchs und wuchs, und jedes Jahr konnte ich ihn teilen, verpflanzen und nie hat er mich enttäuscht. Mit der Petersilie war das schon anders. Ich lese jede Samentüte immer ganz gründlich. Also hatte ich dem Rat folgend den Petersiliensamen 24 Stunden lang vor dem Säen in lauem Was-

20

ser quellen lassen. Vorsichtig trocknete ich dann die Samen auf Haushaltspapier. Dennoch klebten sie einem beim Säen ständig an den Fingern.

Aber mit etwas Geduld ging es dann doch. Ich hatte gelesen, dass Petersilie relativ lang, ca. 14 Tage, zum Keimen braucht. Ich weiß nicht, ob ich an ein Wunder glaubte oder was mir eigentlich einfiel. Jedenfalls ertappte ich mich täglich am Petersilienbeet auf die Erde stierend, als ob ich die Pflänzchen so zwingen könnte, sich endlich zu zeigen. Lächerlich! Aber bald waren ja 14 Tage herum. Pünktlich erschien ich morgens am entsprechenden Tag. Voller Erwartung schaute ich auf das Beet. Nichts, absolut nichts. Dabei hatte ich doch immer dafür gesorgt, dass das Beet nie austrocknete. Wahrscheinlich war der Samen nicht gut! Oder hätte ich ihn nicht wässern sollen? Enttäuscht machte ich mich an irgend eine andere Gartenarbeit. Am besten etwas, worin man sich in Geduld üben musste. Und das war Klee.

Klee, Klee und nochmals Klee

Von den drei verschiedenen Arten von Klee, die ich inzwischen unterscheiden konnte, war es vor allem jener, der aus kleinsten Zwiebelchen heranwächst. Als ich begann, den Klee herauszuziehen, begriff ich schnell, dass die Zwiebelchen aus dem Boden mussten. aber es war mir auch klar, dass ich dies nie schaffen würde. Der ehemalige Wiesenboden war und ist immer noch vollständig durchsetzt mit diesen kleinen Dingern. Zwar nehme ich sie heute, wenn ich den Boden bearbeite immer heraus, aber ich gebe mir keine Mühe mehr, dieser Kleesorte den Kampf anzusagen. Zum Glück wächst er ja auch nicht so hoch, dass er alle anderen Pflanzen überdeckt oder Sonne wegnimmt. Dennoch ist selbst das Herausziehen der Kleeblätter eine sich ständig wiederholende und zeitraubende Arbeit. Vor allem zwischen den Kräutern. Viele von ihnen sind ja selbst nur sehr klein. Dann heißt es, sehr aufpassen, dass man aus Versehen nicht die Küchenkräuter mit herausreißt. Selbst recht gutwillige Freunde, die mir bei der Arbeit helfen wollten,, weigern sich heute, mit mir Klee herauszuziehen. Ein Freund, der es dann doch noch einmal versuchte, gab nach einer Stunde völlig verzweifelt auf und meinte, ich sei einfach verrückt, mich damit abzugeben. Nun, es braucht wirklich Geduld. Wenn ich es mir aber genau überlege, so finde ich diese Arbeit gar nicht so schlimm. Man ist mit den Augen dicht über dem Boden und muss genau hinschauen. Dabei entdeckt man viele interessante Dinge. Oft vergesse ich den Klee und beobachte all das kleine Gewimmel, das da geschäftig herum krabbelt. Es gibt so unendlich viele unterschiedliche kleine Lebewesen, dass man nur staunen kann. Wie z.B. die beiden unten abgebildeten Larven. Sie lagen versteckt zwischen Unkraut und waren ungewöhnlich gross, ca. 8 cm lang. Zu gerne hätte ich gewusst, was für Larven das waren. Und zu welchen Wesen sie sich entwickeln würden. Aber leider konnte ich weder in einschlägigen Büchern entsprechende Abbildungen finden, noch konnten befragte Fachleute mir Auskunft geben.

Meine Neugierde, was aus diesen übergrossen Larven einmal werden würde, konnte bisher leider nicht befriedigt werden.

Doch zurück zum Klee. Immer wieder schaue ich mir die Blüten genau an. Wie viele andere Unkräuter hat auch der Klee sehr schöne Blüten. Die Kleesorte, die sich in meinem Garten so wohl fühlt, hat vorwiegend weiße Blüten, manchmal einen leicht rosa Einschlag. Dann gibt es noch eine andere Sorte, die nicht aus Zwiebelchen heranwächst, sondern kleine Horste mit einem wuscheligen Wurzelballen bildet. Deren Blüten sind leuchtend gelb. Diese Sorte lässt sich sehr leicht entfernen. Und nicht zu vergessen den lila blühenden Klee, der wohl überall weit verbreitet ist. Wenn der Klee so richtig schön blüht, ich gebe es zu, dann tut es mir leid, ihn herauszurupfen und ich lasse ihn noch ein bisschen stehen. Dies ist überhaupt mein Problem: ich finde alles was das wächst, kreucht und fleucht so interessant und auch schön, dass es mir oft schwer fällt, Arbeiten zu verrichten, die zur Erhaltung des Gartens eigentlich unverzichtbar sind.

Die Einfassung der Beete

Schon nach wenigen Wochen wurde mir klar: die einzelnen Beete benötigten unbedingt eine gute Einfassung. Ich kam mit dem Unkrautrupfen und insbesondere dem Sauberhalten der Gartenwege einfach nicht genug voran. So wucherte das Unkraut von den Wegen in die Beete und umgekehrt. Im Geist sah ich immer wieder diese schönen Klostergärten vor mir und konnte mich von dem Gedanken, die Beete mit Buchs einzugrenzen kaum lösen. Ich musste es dennoch: die Menge an Buchspflanzen, die ich gebraucht hätte, wäre bei der Größe meines Gartens meinen Finanzen schlecht bekommen. Hatte ich nicht schon sehr viel Geld für die verschiedensten Gartenutensilien und Pflanzen ausgegeben! Ich hätte Stecklinge machen können. Damit habe ich immer Glück. Aber das Wachstum von Buchs ist sehr langsam. Und Jahre warten? Das konnte ich nicht. Ich war sehr zufrieden, dass ich in meinem Alter noch all die notwendige Fitness für die körperlichen Arbeiten besaß. Aber Jahre im voraus planen, das war mir doch zu ungewiss. Also dachte ich weiter darüber nach, wie ich das Problem lösen konnte.

Eines Tages kam mir der Zufall zu Hilfe. Ich schlenderte um das Gehöft herum und entdeckte eine Stelle, an der viele alte Dachziegel gelagert waren. Diese Dachziegel, wie sie typisch für die alten Häuser im Perigord sind. Sie sind nicht flach, sondern gewölbt und laufen konisch zu. Man kann also das breitere Ende immer über das schmalere legen, so dass sie lückenlos in einer langen Reihe angeordnet werden konnten.

Nachdem ich die Besitzverhältnisse geklärt hatte - die Ziegel lagen da herum und gehörten niemanden - machte ich mich voller Eifer ans Werk. Mit Freude lud ich Ziegel in die Schubkarre und schob sie zum Garten. Ich weiß nicht, wie oft ich gehen musste, denn voll beladen hätte ich die Karre gar nicht schieben können. Aber ich ließ mich keineswegs entmutigen und schob und schob. Nur einmal unterbrach ich die Arbeit und maß die Länge der Beetumrandungen und berechnete wie viele Ziegel ich brauchte. Dann zählte ich, wie viele ich im Durchschnitt in einer Schubkarre befördern konnte. Sah ich im Geist schon die schönen abgegrenzten Beete vor mir, so musste ich trotz aller Begeisterung das Verlegen der Ziegel auf den nächsten Tag verschieben. Der Transport allein hatte meinem Rücken doch etwas zugesetzt. Und ich wollte nicht flach liegen wie ein guter Freund von uns, der ständig zu schwer hebt und dann für viele Tage ausfällt und sich mit Schmerzen herumplagen muss.

Gleich nach dem Frühstück machte ich mich am nächsten Tag ans Werk. Da hieß es dann, auch die Beetränder nochmals gut abstechen und ebnen bevor man ans Verlegen gehen konnte. Immer wenn ich so ein bis zwei Meter geschafft hatte, betrachtete ich

26

mit großer Genugtuung das Resultat. Das sah wirklich wunderschön aus. Etliche Ziegel gingen allerdings kaputt, sie zerbrachen einfach aus Altersschwäche. Manchmal trat ich auch aus Versehen darauf. Das war also in Zukunft zu beachten: Drauftreten war verboten. Nun, alles in allem dauerte es doch etliche Tage bis das Werk vollendet war. Aber es war schön, wunderschön. Endlich einmal etwas, von dem ich annehmen durfte, es sei die Lösung für die kommenden Jahre. Mit dieser Abgrenzung würde es in Zukunft wesentlich leichter sein, das Unkraut in Grenzen zu halten.

Der Anfang war gemacht. Nach und nach habe ich jedes Beet mit Dachziegeln umrandet.

Die Küchenkräuter

Auf meinem Anbauplan standen natürlich alle nur erdenklichen Kräuter. Um all die notwendigen Samen und Pflänzchen zu erhalten, musste ich so manches Gartenzentrum oder Spezialgärtnereien aufsuchen. Alle Einzelheiten über Erfolg und Misserfolg will ich dem Leser gerne ersparen. Hier nur einen kleinen Eindruck von den Erfahrungen, die ich im Lauf der Zeit machte.

Zum Gemüse möchte ich noch nachtragen dass ich das Stecken von Stangenbohnen völlig aufgab. Diesmal nicht wegen der Schnecken, sondern weil sie sich an diesem und auch an einem zwischendurch erprobten anderen Platz einfach nicht wohl fühlten. Der Aufwand an Arbeit war gemessen am jämmerlichen Ertrag viel zu groß. Gurken hingegen gediehen wunderbar. Tomaten waren fürs Freiland nicht so gut geeignet, da es zu oft regnete. Tomaten, aber auch die Gurken (sie überwucherten andere Beete zu sehr) verbannte ich später in ein Gewächshaus, wo beides einen hervorragenden Ertrag brachte.. Doch davon an anderer Stelle.

Von einigen Kräutern, die ich in der Umgebung fand, wie z.B. wunderbare Pfefferminze, teilte ich etwas ab und verpflanzte sie in den Garten. Die Pfefferminze gedieh dort auch prächtig. Zumindest für einige Jahre. Dann erkrankte sie an Rost, und ich

musste mehrmals alles ganz abschneiden. Leider nutzte das aber nichts. Und so blieb mir nichts anderes übrig, als neue Pflanzen an einer anderen Stelle einzupflanzen.

Ein umgepflanzter Salbeistock entwickelte sich prächtig und produziert Jahr für Jahr ungewöhnlich große Blätter. Das ergab des öfteren kleine Leckerbissen: Salbeiblätter in Teig getaucht und in Öl schwimmend schnell kurz gebraten, schmecken wunderbar. Freunde, die einmal zu Besuch waren, nahmen sich gleich ein großes Büschel dieser Blätter mit nach Hause, um sie einzufrieren und bei nächster Gelegenheit als Knabberneuheit bei einer Party anzubieten. Andererseits dienten uns die Salbeiblätter auch oft dank ihrer Heilwirkung bei Beschwerden verschiedenster Art. Große Freude brachte auch ein Estragonstrauch, der sich von Jahr zu Jahr vergrößerte und via Luftwurzeln stets neue Pflänzchen wachsen liess.

Geradezu beängstigend erfolgreich zeigten sich Fenchelpflanzen. Nicht solche, die Gemüseknollen über der Erde bilden, sondern solche mit langen Pfahlwurzeln. Diese Pflanzen werden über zwei Meter hoch, und nach der Blüte füllen sich die Blütenkörbchen mit dem gut duftenden Fenchelsamen. Aber sie versamen sich unvorstellbar. Einmal habe ich versucht, sämtliche mit Samen gefüllt Dolden zu sammeln, zu trocknen und weiter zu verwenden. Doch von diesem Unternehmen an anderer Stelle. Heute

trockne ich nur so viel, wie ich für den eigenen Haushalt benötige.

Den Fenchelsamen verwende ich als Ersatz für Dill. Letzteres gehört auch zu meinen Lieblingskräutern, aber dieses Küchenkraut gedieh nicht gut. Ich weiß nicht, was daran Schuld war. Es heißt ja, man soll Dill und Fenchel nicht in der Nähe zusammen anpflanzen, da sie sich gegenseitig befruchten. Daran konnte es aber nicht liegen. Der Dill erreichte nie eine Blütezeit, sondern ging bereits vorher ein. Was auch immer der Grund war, ich weiß es nicht. Anfangs ging der Dillsamen immer schnell und gut auf, aber dann verkümmerten die Pflänzchen. Insekten, die das junge Grün hätten abfressen können, habe ich nie entdeckt.

Auch keinerlei Erfolg hatte ich mit Ruccola, einem Küchenkraut, das sehr häufig in italienischen Rezepten angegeben ist. Inzwischen findet man es ja wohl auch in unseren Supermärkten, aber ich ziehe beim Kochen die Kräuter aus meinem Garten solchen aus Geschäften vor.

Wenn wir schon beim Kochen sind, möchte ich noch erwähnen, dass ich des öfteren für die ganze Belegschaft kochte. Dann hiesst es oft: gibt es Suppe? Dank meines Kräutergartens habe ich ein besonderes Talent für gute Suppen entwickelt, die immer hoch willkommen sind. Es macht mir auch Spaß, immer wieder neue Varianten auszuprobieren, und dann stöbere ich so in meinem Garten herum, was ich zusammenstellen könnte, je nach der Grundlage der Suppe. Doch genug der Kocherei.

Ganz kurz sei erwähnt, was noch recht gut gedieh: Origano, Bohnenkraut, Liebstöckel, Sellerie, verschiedene Thymiansorten, Basilikum, Melisse (hat leider auch die Eigenschaft, sich überall breit zu machen), Borretsch, Baldrian und Sauerampfer. Sicher habe ich das ein oder andere noch vergessen, da ich jetzt am Computer sitze, aber das ist ja auch nicht so wichtig. Das ganze soll ja kein Lehrbuch über Gartenkräuter werden.

Origano in voller Blüte. An einigen Stellen kann man Kleeblättchen erkennen, die sich mühsam zum Licht drängen. Aber bei diesem Gewürzkraut hat Unkraut wenig Chancen.

Die Einfassung des ganzen Gartens

Nicht nur innerhalb des Gartens musste ich einen ständigen Kampf mit dem Unkraut führen, nein ganz schlimm war es, dass von außen, dem wilden Wiesengelände, Gras, Klee und vielerlei Pflanzen, die ich zwar dem Aussahen nach kenne, nicht aber dem Namen nach, in den Garten hineinwucherten. Also ging es mal wieder ans Planen:

Eine Längsseite wollte ich unbedingt mit Rosen abgrenzen. Die andere mit einer immergrünen Hecke. An der einen Querseite, die sich am Ende des Gartens befindet, ist nur noch ein kleines, nicht allzu breites Wiesenstück, das dann von einer alten Mauer begrenzt wird. Ich beschloss, dieses Stück noch umzugraben und zur Anzucht von Stecklingen von Beerenobst zu nutzen. An der anderen Querseite, an der sich der Eingang zum Garten befindet, experimentierte ich eine Zeit lang herum. Schließlich entwickelte sich dort eine schöne Kletterrose, die ich ebenfalls aus Stecklingen gezogen hatte. Dann hatte ich dort noch zwei Büsche dieser hohen lilafarbigen Herbstastern gepflanzt. Eine dahinter als Abschluss geplante und selbst aufzubauende niedrige Gartenmauer aus Natursteinen ist seit vielen Jahren im Entstehen, erleidet aber immer wieder Schäden, so dass das vorgesehene Einpflanzen von Mauerblumen von wenig Erfolg gekrönt ist. Hingegen habe ich inzwi-

schen einen schönen hölzernen Eingangsbogen angebracht, über den ich die Kletterrose ziehen konnte.

Während die wesentlich kürzeren Querseiten relativ
schnell ein freundliches Aussehen annahmen, war
die Gestaltung der Längsseiten mit erheblichem
Aufwand verbunden. Zunächst suchte ich in Katalo-
gen und Gartenzentren nach geeigneten Pflanzen.
Robust mussten sie vor allen Dingen sein. Die meisten Fachleute sowie auch die Hobbygärtner waren
der Auffassung: ohne Chemie gibt es keine schönen
Rosen. Ich musste nur den Kopf schütteln. Im Garten meiner Eltern wuchsen wunderschöne Rosen.
Und damals sprach überhaupt kein Mensch von
Chemie. Ich erinnere mich noch gut, wie unser
Dienstmädchen mit Schaufel bewaffnet auf die
Strasse rannte, wenn ein Pferdefuhrwerk vorbeigekommen war. Pferdeäpfel waren das Beste, was man
der Rosenerde untermischen konnte. Ich hätte mir ja
von den Bauern Pferdemist besorgen können, aber
das war mir des Aufwandes einfach zu viel. Nach
geduldigem Durchforsten von Gartenbüchern zu
biologischer Blumenzucht besorgte ich mir also die
empfohlenen Substrate und Düngermischungen und
ging, nachdem ich eine Rosensorte ausgewählt hatte,
mit Elan ans Werk. Ganz so mühsam hatte ich es mir
nicht vorgestellt. Es kostete viele Stunden harter
körperlicher Arbeit bis das Beet zum Bepflanzen
bereit war. Rosen haben starke lange Wurzeln und
müssen entsprechend tief eingepflanzt werden. Also
hieß es nicht nur die obere Grasnarbe abzutragen,

sondern der ganzen Längsseite entlang einen richtigen Graben zu schaffen, um die Rosen zu setzen. Es sollten ja nicht nur einzelne Stöcke sein, sondern eine richtige schöne Hecke, wie man sie mit Polyanderrosen erzielen kann. Meine Arbeit schien belohnt zu werden. Wunderschön sah die rechte Seite meines Gartens jetzt aus. Es deutete sich zwar schon an, dass die Pflege, sprich die Unkrautbeseitigung, dank der stacheligen Rosen nicht gerade ein Vergnügen sein würde. Nach dem Motto „Schönheit muss leiden" nahm ich es ohne Murren in Kauf. Weniger erfreut war ich über die Tatsache, dass sich das ganze Beet im Laufe eines Jahres senkte. Dies bedeutet, dass ich jetzt, wenn ich dort Unkraut rupfe, mich ganz tief hinunter beugen muss, was mir viel Mühe bereitet. Wenn mir einer dabei hilft, nehme ich es dankend an.

Die linke Längsseite des Gartens wollte ich mit einer Ligusterhecke abschließen. Dass diese Arbeit auch nicht gerade einfach war, will ich nicht weiter erwähnen. Aber die Behauptung, dass Liguster keine großen Ansprüche stelle und nur weniger Pflege bedarf, kann ich nicht teilen. Obwohl die Hecke immer wieder auf eine gewisse Höhe zurückgeschnitten wird, sieht die Mehrzahl der Büsche über dem Boden recht mager aus, ja an manchen Stellen weisen sie dort gar keine Blätter mehr auf. Um das ein wenig zu verdecken, habe ich im Garten entlang dieser Hecke Blumen gepflanzt. Darunter eine mehrjährige Sorte, die ziemlich hoch wächst, im Sommer wunderschöne große hellrosa Blüten zeigt und genau so zäh wie Unkraut ist. Aber nicht nur das. Diese Pflanze geht auf Wanderschaft! Jedes Jahr dringen die Wurzeln dieser Pflanze unermüdlich in den Garten vor. Da ich sie nicht ausreißen mag, bleibt mir nicht anderes übrig, als in regelmäßigen Abständen die kleinen Pflanzen auszugraben und an anderen Stellen, irgendwo im Gelände einzupflanzen. Meine Bekannten bewundern immer diese schönen Blüten, aber von meinem Angebot, dass ich ihnen Pflanzen abgeben könnte, machen sie nie Gebrauch. Ich weiß nicht, ob ich es selbst bin, der die aussergewöhnliche Vermehrung dieser Blumen erwähnte?

Die zarten Blüten sind wunderschön.

Alles was da fleucht

Wenn ich jetzt davon berichten will, was da so alles fleucht, dann wird man sich fragen, wieso liebt diese Person die Gartenarbeit so sehr, die so viel körperlichen Einsatz verlangt? Was kommt da denn noch?

Ich bin ein rechter Allergiker. Alle „blutgierigen" Viecher, die da „fleuchen" sind ganz verrückt darauf, mir einen Besuch abzustatten. So ist es nötig, dass ich in Abhängigkeit von der Witterung und Tageszeit mich tüchtig mit irgend einem umweltfreundlichen Mittel einsprayen muss. Aber nicht nur die Arme, Hände und das Gesicht, nein ich besprühe die ganze Kleidung einschließlich Hut oder Kopftuch. Inzwischen kenne ich sie alle, diese kleinen Biester, die mich manchmal wirklich zur Verzweiflung treiben. Dazu gehört besonders eine Sorte: Es sind ganz kleine, wirklich winzige Mücken, die man fast nicht wahrnimmt, die sich in Schwärmen vor allem in der Frühlingszeit herumtreiben. Sie haben es aber nicht auf Arme und Beine abgesehen, sondern sie sind wahre Spezialisten, die nur die Kopfhaut angreifen. Und sie finden immer den Weg. Selbst unter den Hut finden sie, und es ist in solchem Augenblick nur so, als ob einem Spinnweben vor den Augen herumirrten. Aber später! Dann juckt es und juckt, manchmal tagelang, so dass man ganz närrisch wird. Man könnte denken, den ganzen Kopf voll Läuse zu haben. Zum Glück treten diese Biester nicht den ganzen Sommer über auf.

Nur kurz erwähnen möchte ich die ganz normalen Stechmücken, auch Schnaken genannt. Es gibt sie immer. Vor allem, wenn das Wetter feucht ist. Sie halten sich ja auch ganz gerne im Haus auf. Ein Grund, warum ich immer unter einem Moskitonetz schlafe, obwohl ich im Schlafzimmer nur ganz selten so eine Mücke habe, denn am Fenster ist auch ein Fliegengitter. Aber wenn ich schlafe, werde ich beim leisesten Ertönen dieses perfiden hohen ppsss schlagartig wach. Und dann gehe ich nicht mehr ins Bett, bis ich den Angreifer gefunden habe. Bei aller Tierliebe: der muss dran glauben. Ein anderes stechendes Insekt kommt im Garten wie ein Tornado angeschossen. Seinen Namen kenne ich nicht. Es ist etwas größer als eine Stubenfliege und seine Körperform gleicht durch relativ breite, schräg nach außen gestellte Flügel einem Delta.

Dieses Insekt kommt nicht in größeren Mengen vor. Manchmal entdecke ich eines auf einer Blüte. Aber ich konnte bisher keines länger beobachten, denn sie entschwinden in rasendem Tempo. Auch ist es mir noch nicht gelungen, eine Makroaufnahme zu machen, um anhand der Aufnahme in einschlägigen Büchern finden zu können, worum es sich handelt. So bleibt mir nur die Erinnerung an eine strichartige gelbe Zeichnung auf seinem Körper. Der Stich tut ordentlich weh! Aber kaum hat man die Augen zu

der betroffenen Stelle gewandt, sieht man nur ein kleines Delta davon schießen. Mehrere Tage spürte man den Schmerz und die betroffene Stelle schwillt stark an.

Andere Übeltäter, deren Stiche auch weh tun, sind die Bremsen. Insbesondere die großen Pferdebremsen. Früher dachte ich immer, die kommen nur an Gewässern und auf Tierweiden vor. Weit gefehlt! Zwar treiben sich diese Biester nur vereinzelt in meinem Kräutergarten herum, aber in dem Gewächshaus (darauf komme ich später noch zu sprechen) fliegen sie in Massen unter der Plastik herum. Seltsamerweise stechen sie im Gewächshaus aber überhaupt nicht. Ihr einziges Bemühen dort besteht darin, aus diesem „Plastikgefängnis" wieder herauszufinden. Wenn sie dann bei ihrer Suche und dem wilden Herumgeschwirre in meine Nähe kommen, passe ich dennoch auf, dass sich keine erschöpft auf mir niederlässt.

Wespen, Hummeln, Bienen und Hornissen gehören zu meinem Kräutergarten wie das Unkraut. Wenn sie von Blüte zu Blüte fliegen, kann man sie gut beobachten. Sie sind am Menschen überhaupt nicht interessiert. Wenn man keine Angst hat und sie nicht herumscheucht lassen sie einem völlig in Ruhe. Nur die Wespen reagieren bei Störung manchmal aggressiv. Aber auch nur dann.

Große Freude hingegen bereiten die Schmetterlinge, die an allen Blüten, ob Kräuter oder Blumen, zu finden sind: Von großen prächtigen Exemplaren, wie z.B. dem Schwalbenschwanz, bis hin zu ganz kleinen, die oft betörend schöne und schillernde Flügel haben. Viele von ihnen kenne ich gar nicht.

Ein anderes Tierchen, das man zu den Fangheuschrecken zählt, ist die Gottesanbeterin. Sie gehört zu den geschützten Tieren und ist in vielen Gegenden nur noch selten zu finden. Bei uns tritt sie relativ häufig auf. Die Gottesanbeterin lässt sich gut beobachten. Wie erstarrt hockt sie auf einem Blatt oder Zweig und wartet auf Beute. Wenn sie gestört wird, so fliegt sie meist nur ein sehr kurzes Stück, was einen eher wie weite Sprünge anmutet. Ich betrachte sie immer mit Neugier, aber ich gebe zu, dass ich sie nicht sonderlich mag. Die Gottesanbeterinnen kommen mir vor wie aus einem Gruselfilm. Dieser dreieckige Kopf, den sie so ruckartig bewegen. Die dünnen, angewinkelten Vorderbeine und dieser riesige plumpe dicke Hinterkörper, das alles scheint mir eine seltsame Schöpfung der Natur. Trotzdem kann ich ihrem Gebaren lange zuschauen. Manchmal nehme ich einen Grashalm und berühre sie damit. Dann ruckt ihr Kopf in alle Richtungen, bleibt plötzlich wie angewurzelt stehen, und man könnte meinen, sie starre einen an. Ist die Störung aber zu plötzlich oder nicht sanft genug, dann schwirrt sie davon, vielleicht nur zwei Meter, um sich erneut niederzulassen. Einmal hatte ich das Gefühl, jemand gucke mir bei der Arbeit zu. Ich wusste nicht, was es war. Aber irgend etwas störte mich. Ganz langsam dreht ich mich um: da saß doch eine Gottesanbeterin auf meiner Schulter und schien mir direkt ins Gesicht zu schauen. Natürlich ist das eine alberne Idee von mir. Ein kurzes Wischen durch die Luft mit der Hand genügte, um sie zu vertreiben.

Große und farbenprächtige Schmetterlinge flattern in Mengen von Blüte zu Blüte.

Kleine Kostbarkeiten weisen oft selten schöne und schillernde Farben auf.

Der Kampf mit den Gartenwegen

Das Einfassen der einzelnen Beete mit den Ziegeln brachte leider nur kurzen Erfolg. Es dauerte nicht lange, da zeigte sich zuerst auf allen Gartenwegen und auch in den Beeten das Unkraut wie eh und je. Eigentlich war es mir absolut klar gewesen, dass die Abgrenzung der Beete zwar eine optische Verschönerung brachte, aber kein Mittel gegen wucherndes Unkraut war. Immerhin konnte man aber ein bisschen gezielter arbeiten. So probierte ich alles mögliche aus: Mit dem Rasenmäher die Gartenwege entlang zu fahren, ging nicht. Erstens war nur der Mittelweg breit genug dafür und zweitens war der Untergrund viel zu holperig, so dass es nachher aussah, als ob man kreuz und quer ein bisschen gejätet und dazwischen alles hatte stehen lassen. Vorübergehend kehrte ich also zur lästigen Methode des Unkrautrupfens zurück. Dann kam ich auf die Idee, die Gartenwege mit der „Randschere" zu bearbeiten. Eigentlich ist diese Schere ja nur dafür da, an Mauern oder Steinen entlang sauber abzuschneiden, wo man selbst nicht immer mit der Motorsense hinkommt.

Natürlich, die Motorsense! Das war die Lösung! Dachte ich mal wieder, wie schon so oft. Und immer wenn mir etwas Neues zur Erleichterung der Arbeit oder Verbesserung des Gartens einfiel, musste ich es gleich ausprobieren. Also machte ich mich mit der Motorsense ans Werk. Jedoch nicht lange. Es funktionierte zwar wunderbar, aber das abgemähte Unkraut spritzte natürlich in alle Richtungen und bedeckte so auch die Beete. Das ging also überhaupt nicht. Besser hätte ich all die Samen der Unkäuter nicht verteilen können. Es folgte die Rückkehr zur mühsamen Arbeit mit der Gartenschere. Zwar boten sich manchmal andere an, mir bei dieser zeitraubenden Arbeit zu helfen, aber mit fremder Hilfe im Garten ist das so eine besondere Sache. Da muss man fast daneben stehen bleiben, um ständig klar zu machen, was man tun darf und was nicht. Dann machte sich eines Tages meine Enkelin Andrea an diese Arbeit. Sie ist ein Teenager und wenn sie etwas in Angriff nimmt, dann kann man nur staunen. So auch hier. Noch nie sahen die Wege so schön und gepflegt aus. Sie war selber stolz und meinte, für längere Zeit seien die Wege nun wohl sauber. Ich widersprach ihr nicht und hoffte im Stillen, dass es wenigstens etwas länger anhalten würde. Was ich ihr aber sagte, war, dass es nach dieser gründlichen Arbeit in Zukunft viel leichter sein würde, die Wege regelmäßig zu säubern.

Aber meine Freude sollte nicht allzu lange anhalten. Das Unglück – für andere Bereiche das Glück – nahte in Form von Regen, Regen und nochmals Regen. Tagelang! Überall war es matschig. Mehr als eine Woche konnte man nicht mehr draußen arbeiten. Zwar rannte ich manchmal mit Schirm bewaffnet in den Garten, um Kräuter zu holen, achtete aber weder der Pflanzen noch des Unkrauts. Und dann: Wie sahen die Wege aus als der Regen aufhörte? Ich traute meinen Augen nicht. Höher denn je stand das Unkraut in praller Fülle überall. Es half nichts. Ich musste mir meine Niederlage im Kampf gegen das Unkraut auf den Gartenwegen eingestehen. Es musste eine grundsätzliche Änderung her. Aber welche?

Der Fenchel gehörte auch zu den Pflanzen, die sich wild über meinen ganzen Garten ausbreiteten. Da er lange Pfahlwurzeln besitzt, ist es nicht so leicht; ihn auszugraben: Jedes noch so kleine Wurzelstückchen entwickelt sich zu einer neuen Pflanze.

Die Unkraut-Brutöfen

Nachdenklich stapfte ich in meinem Garten herum und trat aus Versehen auf einen Dachziegel, der nicht nur, wie schon manchmal passiert, daraufhin Risse zeigte, sondern diesmal zersplitterte er praktisch in tausend Fetzen. Und da zeigte sich das Geheimnis des ungewöhnlich wuchernden Unkrauts. All die kleinen gewölbten Dachziegel boten ein Milieu wie es in keinem klimatisierten Gewächshaus besser hätte sein können. Ein einziges Wurzelgewirr bot sich meinen Augen. Insbesondere dicht zusammen gepresste Knäuel von Queckenwurzeln, aber auch vieles andere. Im Augenblick war ich wie erschlagen. Wie sollte ich dem noch Herr werden? Vielleicht wird mancher Leser denken, das hätte ich doch zum voraus wissen müssen:.

So sah es nun entlang aller Gartenwege aus

Eines war klar: die Dachziegel mussten wieder weg. Und so begann ich in umgekehrter Reihenfolge die Dachziegel einen nach dem anderen zu entfernen, auf die Schubkarre zu laden und wieder fort zu bringen. Immer wenn ich so ungefähr einen Meter freigelegt hatte, dann widmete ich mich erst einmal dem Wurzelgewirr. Schier endlos zogen sich vor allem die Queckenwurzeln unter der Erde fort. Es war eine mühsame Arbeit, denn oft riss man dabei die Erde in den Beeten auf und damit gleichzeitig die Kräuter heraus. Quecken, das war mir schon klar, war ein praktisch nicht zu beseitigendes Unkraut. Man kann es aber auch ohne Gift einigermaßen in Schach halten, wenn man die langen Wurzeln wegnimmt. Nur bloss nicht in Stücke zerreißen. Denn aus jedem auch noch so kleinen Wurzelstückchen entwickelt sich totsicher wieder eine neue Pflanze.

Tagelang widmete ich mich dieser wirklich nicht aufmunternden Tätigkeit, bei der ich mich neuen Überraschungen ausgesetzt sah. Plötzlich kratzte und biss es mich wie verrückt an den Beinen.

Der Anblick meines mit viel Mühe gestalteten Gartens war entmutigend.

Ameisen

Ja es waren Ameisen, die da in großer Menge an meinen Beinen herumkrabbelten und bissen. Ich stand mit einem Fuß direkt in einem kleinen Ameisennest. Nachdem ich die Plagegeister abgeschüttelt hatte hob ich noch ein paar Ziegel hoch und musste feststellen, dass das Nest gar nicht so klein war. Es zog sich unter mehreren Dachziegeln hin. Also nicht nur dem Unkraut, sondern auch den wärmeliebenden Ameisen boten die Ziegel eine willkommene Unterkunft. Im Laufe der weiteren Arbeiten fand ich noch viele Ameisennester. Was sollte ich nur tun. Es passierte nicht nur einmal, dass ich in so ein Nest trat. Die Ameisen mussten weg. Ob sie von selber das Weite suchten, wenn sie obdachlos wurden? Sie dachten gar nicht daran. Zwar rannten sie in allen Richtungen, aber alle waren nur bemüht, auf irgend eine Weise ihren Staat zu retten. Ich beobachtete sie oft längere Zeit, um in dem Gewimmel, das sie veranstalteten, ihre Strategie zu erkennen. Obwohl es ja allgemein bekannt ist, dass sie immer bemüht sind, ihre Heimstatt zu retten, war es doch interessant zu sehen, mit welchem Tempo und Geschick sie vorgingen, um den von mir angerichteten Schaden zu beheben. Relativ rasch wurde es wieder ruhiger in ihrem Staat. Ich wollte aber, dass sie ausziehen. Es waren einfach zu viele. So hob ich, so gut es eben ging, mit einer Schaufel die größeren Nester aus, packte sie in einen Eimer und trug sie auf die Wiese hinaus. Vielleicht schafften sie sich ein neues Reich. Ich weiß es nicht. Zwar versuchte ich jeweils eine Stelle zu finden, die relativ „unbevölkert" schien, vermutlich kamen sie anderen Ameisenvölkern aber doch ins Gehege. Jedoch, so hoffte ich, hatten sie eine Chance.

An anderer Stelle machten mir die Ameisen auch zu schaffen. An den Rosen und anderen Blumen liebten sie es, ihre „Milchkühe", die Läuse, abzusetzen und zu pflegen. Dagegen versuche ich rechtzeitig durch Sprayen der Pflanzen vorzugehen. Das gelingt durchaus mit biologischen Pflanzenschutzmitteln. Nur rechtzeitig muss man es tun. Wenn der Befall zu groß ist, wird es schwierig.

Ab und zu, zum Glück nicht oft, besuchen Ameisen mich auch in meinem Haus. So z.B. begegne ich ihnen regelmäßig einmal im Sommer an der Innenseite der Türschwelle zu meinem Badezimmer. Dort laufen sie dann von der linken Seite unten am Türrahmen an der Kante der Schwelle zur rechten Seite und wieder zurück. Es ist mir vollständig schleierhaft, wie sie da hineinkommen. Es sind auch nie allzu viele. Ganz stur laufen sie zwischen den beiden Seiten hin und her. Selten verirrte sich eine in die Dusche, die sich gleich neben der Tür befindet oder auf einen der Badeteppiche. In der Badewanne auf der anderen Seite habe ich noch nie eine gesehen. Dieses ganze Manöver dauert höchstens 2 – 3 Tage, dann sind sie alle wieder verschwunden. Allerdings warte ich dort trotzdem nicht, bis sie sich noch weiteres Terrain erobern. Als Abschreckungsmittel besprühe ich dann die Außenseiten der Türschwelle mit einem giftfreien pflanzlichen Insektenspray. Das wirkt wie eine Mauer.

Ein anderes Mal – ich war den ganzen Tag fort gewesen – entdeckte ich bei meiner Rückkehr Ameisen in meinem Küchenschrank. Ich gebe es ehrlich zu: ich bin ausgerastet. Das war einfach zu viel des Guten. Wenn man auf dem Land in einem wenn auch noch so schönen alten Haus lebt, muss man so einige Dinge in Kauf nehmen. Ich habe Zeit gebraucht bis ich mich an alles, was da so über den Balkon durch die Küchentür hereinkrabbelt, gewöhnt hatte. Wobei ich alles, was hereinkommt, stets hinausbefördere. Aber Ameisen! Diesen kleinen eifrigen Tierchen erfolgreich beizukommen ist nicht so leicht. Ich betrachtete mir also die Bescherung im Küchenschrank. Zwar liefen sie überall herum, aber eindeutiger Mittelpunkt all ihren Bemühens war eine Zuckerdose. Nach kurzer Überlegung dachte ich mir, wenn sie den Zucker haben wollen, so können sie ihn bekommen. Ich nahm also die Zuckerdose und stellte sie vor das Fenster. Es war fast nicht zu glauben, was ich jetzt beobachtete. Es dauerte nur wenige Minuten und sämtliche Ameisen hatten sich zielstrebig auf den Weg zur Fensterbank gemacht. Einige wenige verliefen sich etwas, aber fanden nach kurzem Suchen den richtigen Weg. Als alle draußen waren, leerte ich die Zuckerdose draußen aus und fegte den restlichen Zucker auf dem Fensterbrett weg. Ich schwindele nicht: keine einzige Ameise war mehr zu sehen. Von etwas anderem, was eines Tages über den Balkon den Weg ins Haus fand, werde ich noch an anderer Stelle berichten.

Ein Gewächshaus muss her

Aber zurück zum Garten. Mittlerweile sah er zwar ganz gut aus, aber von meinem Traum, etwas zu schaffen, das einem Klostergarten ähneln könnte, war ich weit entfernt. Wie viel Zeit und Arbeit hatte mich dieses Stückchen Land inzwischen gekostet. Immer wieder musste ich irgendwelche Niederlagen einstecken. Aber aufgeben? Nein, das gab es nicht. Nachdenklich ging ich zwischen den Beeten hin und her. Was konnte ich als Nächstes tun? Mein Blick fiel auf die Tomaten. Traurig sahen sie aus nach dem langen Regen. Und dann die Gurken. Ihre grossen Blätter hatten sich weit über andere Beete ausgebreitet. So ging das nicht. Sowohl die Tomaten als auch die Gurken mussten raus aus dem Garten. Aber wohin? Verzichten wollte ich nicht auf sie. Natürlich - in ein Gewächshaus. Hinter meinem Kräutergarten war noch ein recht breites Stück Land frei, wo man gut ein Gewächshaus hinstellen konnte. Zwar hatte ich hier des öfteren Stecklinge verschiedenster Art mit Erfolg ziehen können, aber das konnte ich auch noch an anderer Stelle tun. Ich musste nicht lange warten, denn mein Sohn baute mir recht rasch ein Plastikgewächshaus auf, hoch genug, dass man bequem darin gehen konnte. Mit neuem Elan widmete ich mich nun der Planung für die Bepflanzung unter „Dach". Abgesehen von der nimmer endenden Arbeit im Kräutergarten selbst, verbrachte ich in den folgenden Jahren viel Zeit im Gewächshaus. An den

Metallbögen, die das Plastikdach stützten, befestigte ich Schnüre und spannte sie kreuz und quer. Tomaten und Gurken fühlten sich nun ausgesprochen wohl und kletterten in allen Richtungen. Der Ertrag war jedes Jahr enorm. Auch war genügend Platz vorhanden, so dass ich viele andere Arbeiten, wie Umtopfen, Pikieren und vieles mehr nun bei jedem Wetter durchführen konnte.

Ein unerwartetes Abenteuer im Gewächshaus bescherte mir dann eine andere Pflanze. Ich hatte eine Gartenausstellung besucht, auf der vor allem Kürbispflanzen aus der ganzen Welt zu bewundern waren. Natürlich konnte ich nicht widerstehen, einige Samentüten zu kaufen. Insbesondere hatten es mir die Igelgurken angetan. Auch sie gediehen wunderbar, und der Anblick der kleinen „Igel" war wunderschön. Aber was die raumfordernde Kraft dieser Pflanze anbetraf, war unbeschreiblich. Die Igel wuchsen zu stattlichen, stacheligen Gurken heran, und die Ranken und Blätter eroberten das ganze Gewächshaus. Es war nun als betrete man einen dichten Dschungel, solch ein Durcheinander hatte die Pflanze gestiftet. Ich hatte ja keinerlei Erfahrung und wusste nicht, ob man sie beizeiten kürzer schneiden muss. Die anderen Pflanzen störte das Gewirr überhaupt nicht, und eigentlich war der bunte Anblick der verschiedenen Erträge recht hübsch. Aber arbeiten konnte man im Gewächshaus nicht mehr vernünftig. Nachdem ich dann noch feststellte, dass die reifen Igelgurken keinen besonders guten

Geschmack hatten, strich ich sie für die kommenden Jahre aus meinem Anbauplan. Trotzdem tat es mir etwas leid, halten sie doch fast so lange wie die Ziergurken und sind ausserordentlich dekorativ.

Hübsch sehen die Igelgurken aus, aber sie schmecken nicht besonders gut.

Das Gewächshaus brachte mir aber noch einen anderen Vorteil. Vor meinem Hauseingang habe ich immer eine Reihe von Kübelpflanzen aufgestellt, die mit ihrer reichen Blüte einem immer Freude bereiten. Aber bisher gelang es mir nur selten, sie über den Frost im Winter hinaus zu retten, obwohl es hier meist nur an wenigen Tagen wirklich winterlich kalt wird, aber das genügt bereits. So hatte ich immer das Problem die Kübel warm einzupacken, aber auch dies half keineswegs bei allen. Zwar ist es im Plastikgewächshaus auch relativ kalt, aber dort legte ich einfach ein „Winterbeet" an. In der Mitte des Gewächshauses grub ich ein Stück Erde um und lockerte es ziemlich tief auf. Dann kamen die Kübel bis an den Rand in die Erde und der Rest oberhalb des Topfes wurde mit einer dicken Schicht Stroh bedeckt. Das ganze war eine körperlich ziemlich schwere Arbeit, die ich ohne männliche Hilfe nie hätte schaffen können. Aber es hatte sich gelohnt. Alle mehrjährigen Pflanzen überlebten.

Mit dem Plaggeneisen gegen Fenchel

Wie ich schon erwähnte, breitete sich der Fenchel unwahrscheinlich aus. Am Anfang hatte ich wirklich Freude. Denn nach dem Misserfolg mit Dill waren die zarten gefiederten Fenchelblätter ein hochwillkommener Ersatz. Die Pflanzen wuchsen und wuchsen, und ihre Blütendolden füllten sich mit dem wohlriechenden Samen. Den muss man unbedingt sammeln und trocknen, dachte ich. Gesagt und getan. Und so schnitt ich all die prall gefüllten Dolden eine nach der anderen ab. Auch wollte ich nicht, dass sich zu viele der Samen auf dem Boden ausbreiteten. Ich konnte es fast nicht begreifen, welch Menge da zusammen kam. Fast eine Schubkarre voll. In der Küche ging es dann ans Leeren der Dolden; eine beträchtliche Menge besten Fenchelsamens war das erfreuliche Ergebnis. Aber was tun mit dieser Menge? Zunächst trocknen, das war klar. Samen müssen ganz trocken sein, sonst fangen sie sehr schnell an zu schimmeln.

Nachdem auch dieser Prozess erledigt war, hatte ich die Idee, kleine Säckchen zu nähen, um die Samen recht schön verpackt zu verschenken oder jemandem auf den Markt mitzugeben. Es war eine ziemliche Kniffelarbeit, nicht nur das Nähen, sondern auch das Einfüllen. Zum Glück half mir eine Freundin, und wir waren mit dem Resultat sehr zufrieden. Die kleinen Säckchen aus rotweiß/blauweiß kleinkariertem

Stoff sahen sehr hübsch aus. Da wir viele Stunden damit verbracht hatten – wie viele eigentlich? - rechneten wir uns zum Spaß den Stundenlohn aus. Immerhin kamen wir auf 20 Centimes. Die Frage, ob ich, abgesehen von einer kleineren Menge für den Hausgebrauch, je wieder den gesamten Samen ernten wollte, war überflüssig. Es gab nur eins, ein klares Nein. Damit war aber die Frage „Fenchel" keineswegs ausgestanden.

Überall im Garten fand ich kleine Fenchelpflanzen. Hätte ich sie doch gleich rausgerissen! Aber gerade dann, wenn so das erste frische Grün eine Höhe von ca. 30 cm erreicht hat, schmecken die Blätter ganz hervorragend. Im Gegensatz zu ihren Blättern wachsen die Wurzeln dieser jungen Pflanzen in erstaunlichem Tempo. Schnurstracks gerade in die Erde mit einer spitz zulaufenden Pfahlwurzel. Selbst bei diesen noch kleinen Pflanzen bekommt man sie fast nicht aus der Erde. Wie mochte das erst bei den alten Pflanzen, deren ich so viele hatte, aussehen?
Die Antwort erhielt ich rasch als ich einmal probierte, eine auszugraben. Mit dem Spaten begann ich rund um einige der Pflanzen ins Wurzelreich vorzudringen. Das Loch um den Fenchel wurde immer größer und größer, aber ein Ende der Wurzel war nicht in Sicht. Ich hätte sie einfach abstechen können, aber der Rest hätte nur von neuem Pflanzen produziert. Also weitergraben. Schweren Herzens gab ich auf. Da mussten Männer ran. Leider fand sich keiner, der sich dieser Arbeit widmen wollte.
56

Einer, der einen Versuch wagte, stach dabei so viele Wurzeln an, dass ich ihn schleunigst bat, lieber aufzuhören. Er tat es sehr gern.

Wie man den Pfahlwurzeln (ohne Gift!) am besten beikommen kann, erfuhr ich dann bei meinem nächsten Winteraufenthalt in der Schweiz. In früheren Zeiten bekämpften die Bauern auf den Feldern die Plaggen mit dem Plaggeneisen, belehrte mich ein Agronom. Diese Pflanzen hätten auch bis zu einem halben Meter lange Pfahlwurzeln und mussten ausgestochen werden, weil sie die Felder so stark durchsetzten. Also ein Plaggeneisen musste her. In Gartenzentren hatte kein Mensch eine Ahnung, was ein Plaggeneisen sei. Doch nach langem Bemühen wurde ich fündig. Im Laden einer landwirtschaftlichen Kooperativen gab es so etwas noch. Das Gerät ist sehr schwer. Hat eine dicken Stiel von normaler Länge und unten aus dicken Eisen zwei längere schwere Zinken, die zunächst wie bei einer verbogenen Gabel in der Mitte zusammen kommen, aber nicht ganz dicht, sondern ein schmaler Spalt bleibt frei. Dann laufen die Zinken wieder auseinander. Etwas höher über diesen Metallzinken ist ein dickes Querholz angebracht, auf das man treten kann, um die Zinken in die Erde und damit um die Pfahlwurzel herum zu stechen. Die Wurzel ist dann zwischen diesen Zinken eingeklemmt und man kann sie nun heraushebeln. Meine Freude, dieses Gerät gefunden zu haben, muss ich sehr deutlich gezeigt haben, denn der Verkäufer, ein Mann in mittleren Jahren, guckte mich sehr erstaunt an und fragte mich etwas misstrauisch: „Wollen Sie damit arbeiten?" Gemessen am Gewicht des Geräts und meinem Alter konnte ich seine Frage verstehen. Ich sagte daher schnell, nein, nein, das werden starke Männer tun. Im Stillen hatte ich aber durchaus vor, mich selbst daran zu versuchen. Ich tat dies auch. Aber ich gebe es ehrlich zu, erfolgreich mit den großen Pfahlwurzeln war ich nicht. Sie saßen so tief und fest in der Erde, dass ich sie nicht herausheblen konnte. Da kamen mir dann Männer zu Hilfe.

Aber bei weniger tief wurzelnden Pflanzen war das Gerät sehr nützlich, so z.B. wenn ich im Garten etwas ausgraben musste wie größere Büsche, oder auch beim Herumrollen von Steinen, so dass ich sie nicht zu heben brauche. Leider fand das Gerät auch beim männlichen Geschlecht großen Anklang. Und so hat irgend einer von ihnen es fertig gebracht, die Zinken zu verbiegen. Wahrscheinlich mit Herausheben von schweren Steinen. Das Gerät ist zwar nach wie vor brauchbar, aber ich werde doch versuchen, noch ein zweites zu bekommen.

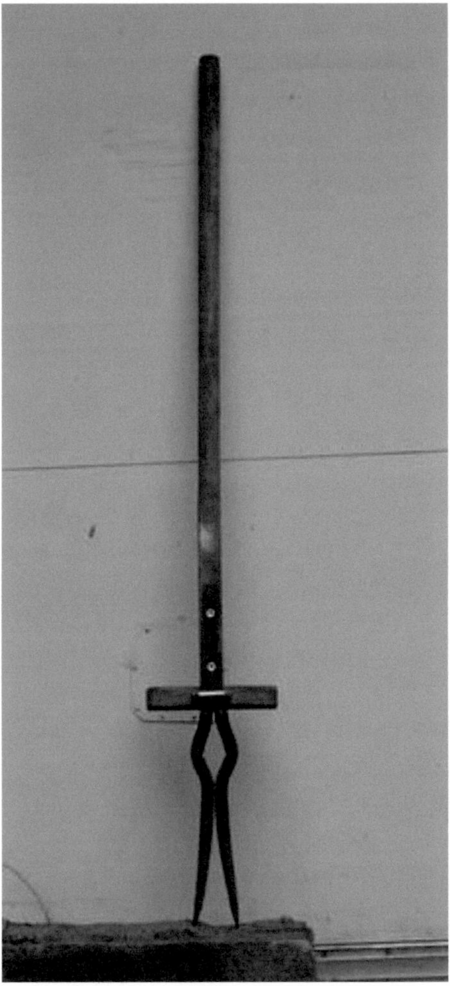

Das Plaggeneisen ist ein sehr nützliches
Gerät bei der Gartenarbeit.

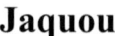

Jaquou

Wieder einmal war ich mit dem mühseligen Unkrautrupfen beschäftigt. Es war sehr heiß und ich
hatte absolut keinen Spass an der Arbeit. Zu meiner
Stimmung passte das Gezeter einiger Elstern, die in
der Zeder herumjagten und sich lautstark zankten.
Jaquou kam mir in den Sinn. Wie oft hatte er mich
in jenem einen Sommer geärgert, wenn ich am Unkrautrupfen war. Ja Jaquou, er gehört auch zu dieser
Geschichte.

Aus der sehr hohen Linde, die gegenüber des Ein-
gangs zu unserem Gehöft steht, war er aus dem Nest
gefallen. Ein junger Vogel, der sich als Elster ent-
puppte. Kaum Federchen, halbnackt, ein Anblick
zum Erbarmen. Ornithologen, telefonisch um Rat
gefragt, versicherten uns, dass es völlig problemlos
sei, eine Elster aufzuziehen, da diese Vögel Alles-
fresser seien. So fand das rupfige Vogeljunge, das
den Namen Jaquou erhielt, einen Pflegeplatz in einem großen Henkelkorb auf dem breiten Fenster-
sims der Küche. Nun hieß es alle 1 bis 2 Stunden
den kleinen Vielfrass zu füttern. Zum Glück war die
Auswahl kein Problem, von Hackfleisch über Brot,
gekochtem und rohem Gemüse sowie Obst fraß er
wirklich alles und wuchs erfreulich heran.

Die Federchen sprossen, und oft hopste er aus seiner
weichen Unterlage im Korb heraus und thronte auf

dem breiten Henkel. Langsam deutete sich schon an, dass es noch einige Umtriebe mit ihm geben würde. Zunächst bereitete er sich aber selbst erst einmal erheblichen Kummer. Fliegen konnte er noch nicht, aber das Herumgehopse endete dann eines Tages damit, dass er samt Korb auf den Küchenboden purzelte und sich dabei am linken Auge einen Bluterguss zuzog. Von dieser Läsion blieb wohl ein kleiner Schaden zurück, denn auch später schien er mit diesem Auge ab und zu Schwierigkeiten zu haben. Jaquou indessen war fröhlich, frech und zudringlich, und der Vergleich mit „Hans Huckebein" von Wilhelm Busch war durchaus angebracht. Was wir allerdings nie herausbekamen, war die Frage, ob es sich um ein Weibchen oder ein Männchen handelte, denn bei den Elstern sind beide Geschlechter wohl gleich gezeichnet.

Der Tag der Freiheit rückte heran. Jaquou konnte nun ausgezeichnet fliegen, und es wurde höchste Zeit, ihn aus dem Haus zu befördern, denn nichts mehr war sicher vor ihm. Wir waren alle gespannt, wie er sich verhalten würde. Davon fliegen in die Freiheit? Oder beim Haus bleiben? Jaquou breitete seine nun schön gewachsenen Schwingen aus, segelte ihm Hof herum, beäugte und untersuchte alle Ecken und Dachluken, in die er schlüpfen konnte. Bald kannte er jeden Winkel. Obwohl er eine Vorliebe für ganz bestimmte Plätze entwickelte, wusste man nie so recht, wo er sich gerade aufhielt. Sicher aber immer so, dass ihm absolut nichts entging und er einem aus irgend einer Deckung heraus frech attackieren konnte. Meistens war das zwar harmlos, aber dennoch nicht gerade angenehm. Am meisten Spaß machte es ihm, mit stelzenden Schritten hinter einem herzutappeln – besonders wenn man nur Sandalen und Söckchen anhatte – um dann von hinten in die Fesseln zu hacken. Besonders unangenehm war dies, wenn Besucher kamen, die von seiner Anwesenheit und seiner Frechheit keine Ahnung hatten.

Es ist nahezu unbeschreiblich, was Jaquou alles anstellte. Eines Tages flog er zur Haustüre herein, erspähte auf einem Schränkchen Zigarettenpapier, schnappte sich das ganze Päckchen und flog damit aufs Dach. Dann saß er da oben, äugte herunter und mit schnellen Schnabelbewegungen zupfte er ein Blättchen nach dem anderen aus dem Päckchen und ließ sie herumflattern. Er musste ihm großen Spaß machen. – Ein Päckchen Tabak ergatterte er sich eines Tages auch noch und beförderte ihn, wie die meisten seiner gefundenen Schätze, aufs Dach.

Alle Arbeiten, die man draußen verrichtete, wie z.B. Unkraut rupfen, Pflanzen setzen oder z.B. das Ernten von Kirschtomaten und in kleine Schälchen füllen, erregten seine Aufmerksamkeit. Leise kam er heran, um einen dann unversehens in die Hand zu picken, oder die Tomaten aus den Schälchen zu schmeißen, schnell wieder zu verschwinden, aber nur, um von einer anderen Seite her wieder aufzutauchen.

62

Als ein Handwerker einmal etwas reparieren musste und seine Werkzeuge im Auto in Kisten offen herumstanden, klaute Jaquou ihm Schrauben und Unterlegscheiben, die er wie üblich aufs Dach trug und dort wieder fallen ließ. Trotz mehrfachen Wegjagens wiederholte er sein Spiel bis man es aufgab, ihn daran zu hindern. Aber dann machte es ihm auch keinen Spaß mehr.

Einen weiteren Ulk, den er besonders liebte, war, sich auf die Wäscheleine zu setzen und an den Klammern herumzureißen bis sie zu Boden fielen. Und damit auch so manches Wäschestück.

Jaquou wegzujagen, war gar nicht so einfach. Jeder hatte immer ein bisschen Angst, ihn dabei zu verletzen, das heißt, man traute sich nicht, einen Stock oder einen anderen harten Gegenstand zu benutzen, sondern scheuchte ihn mit einem Tuch oder leichten Zweig davon. Der einzige, der von seinen Attacken verschont blieb, war mein Sohn. Ihm saß er friedlich auf der Schulter.

Noch zeigt Jaquou sein Gefieder in voller Pracht.

Für Jaquou waren aber keineswegs nur die Menschen Gegenstand seiner Schäkereien. Genauso ärgerte er Katzen und Hunde. Es war unbeschreiblich, mit welcher Frechheit er sich in ihre Nähe traute. Einmal saßen alle Katzen und Hunde träge und friedlich im Hof herum. Jaquou hüpfte um sie herum, zwickte einen Hund in den Schwanz, flatterte schnellsten auf, sobald der Hund nach ihm schnappte. Aber schon war er dabei, die Katzen von hinten zu attackieren. Doch selbst diesen so schnell reagierenden Tieren gelang es nicht, ihn zu erwischen. Ein paar Federchen musste er manchmal lassen, wenn er zu tollkühn wurde. Überhaupt sah sein anfänglich so schönes Gefieder allmählich etwas verrupft aus. Zum Teil rührte dies aber daher, dass er sich nachts oft zwischen das schmiedeeiserne Gitter über der Haustür quetschte.

Jaquou zeichnete sich auch dadurch aus, dass er sehr viele Stimmen gut nachahmen konnte. Selbst das Husten eines starken Rauchers machte er so täuschend nach, dass man oft nicht wusste, war der Raucher oder Jaquou in der Nähe. Wenn er mal keine Lust dazu hatte, einen zu attackieren, konnte man sich direkt nett mit ihm „unterhalten". Er zwitscherte und plapperte den Tonfall von Stimmen nach, was viel Spaß machte.

Unsere Hoffnung, Jaquou würde unter seinesgleichen vielleicht Anschluss finden, erfüllte sich leider nicht. Das Elsternpaar, das jedes Jahr in der hohen Linde nistete und aus dessen Nest Jaquou offensichtlich herausgefallen war, erschien zwar von Beginn an auffällig oft im Hof, um diesen Neuankömmling zu begutachten. Besonders wenn Jaquou auf der Weinlaube saß, erschien eine der fremden Elstern, tippelte langsam das Dach in Richtung Laube hinunter in seine Nähe, aber nie war zu erkennen, ob es sich bei diesen Annäherungsversuchen nur um Neugierde, Interesse oder gar um Feindschaft handelte. Wobei Letzteres am wahrscheinlichsten war, verteidigen Vögel ihre Reviere doch recht eindrücklich. Das bestätigte sich dann auch einige Wochen später, als wir feststellen mussten, dass diese Altvögel Jaquou attackierten. Wir wussten es nicht und waren auch nicht darauf aufmerksam gemacht worden, dass Jaquou von seinesgleichen wahrscheinlich nicht mehr angenommen werden würde, nachdem er von Menschen aufgezogen worden war. Hatten wir doch einen Fehler gemacht, als wir den kleinen Kerl retteten statt ihn seinem Schicksal in der Natur zu überlassen? Aber gab es nicht etliche Berichte von zahmen Elstern, die jahrelang bei ihren menschlichen „Pflegeeltern" lebten? Wir hofften, dass wir dies auch mit Jaquou erleben würden. Er wurde geliebt und gehasst. Irgendwie war er ein Teil des Gehöfts geworden. Jeder von uns hatte sich angewöhnt, Besucher sofort vor ihm zu warnen und Kindern beizubringen, sich zwar gegen ihn zu wehren, ihm aber nicht zu schaden.

Das Ende von Jaquou war fast ebenso tragischkomisch, wie jenes von Hans Huckebein. Jana arbeitete mit der Motorsense im Hof. Dies ist zwar keine schwere Arbeit, aber sie erfordert doch Aufmerksamkeit, und das laute Geräusch sowie die Schutzbrille, die man bei dieser Arbeit trägt, lassen einen nicht noch andere Dinge beobachten. Und dann geschah es: von irgendwo her – vielleicht von einem nahestehenden Baum oder einem Dach – stürzte sich Jaquou im Größenwahn auf die Motorsense. Federn flogen. Geschrei. Wild mit den Flügeln um sich schlagend torkelte Jaquou im Hof herum. Wir konnten ihn fangen und eilten sofort zum Tierarzt. Die Flügel waren noch unverletzt, aber der Schwanz war wie abrasiert. Der Tierarzt untersuchte ihn so gut wie möglich. Allerdings war nicht festzustellen, ob und welch innere Verletzungen er womöglich davongetragen hatte. Man riet uns, ihn im Haus in ei-

nem Käfig zu behalten. Aber das war nicht möglich. Jaquou hätte sich im Käfig durch sein Herumgetobe nur noch mehr verletzt. Wir hatten diese Erfahrung bei anderer Gelegenheit gemacht, als wir ihn einmal einsperren mussten.

Wir brachten Jaquou in den Vorraum vom Gästehäuschen, setzten ihn dort auf eine Leiter (einer seiner Lieblingsplätze), brachten ihm zu trinken und ein bisschen Futter, das er auch gerne aufnahm. In Luken auf dem Dachboden vom Gästehäuschen verkroch er sich meist, wenn er sich vor Katzen oder den Elstern verstecken wollte. Also dachten wir, dass es wohl das Beste sei, ihn dort in seiner gewohnten Umgebung zu lassen.

Am nächsten Tag war Jaquou verschwunden. Wir suchten überall nach ihm. Wir riefen ihn, aber er kam nicht, wir hörten ihn nicht und auch in all den Tagen danach fanden wir trotz eifriger Suche keine Spur von ihm, kein Federchen - nichts. So blieb das Ende von Jaquou für uns immer ein Geheimnis. Obwohl wir oft über ihn fluchten, hatten alle ihn sehr gern und selbst heute, nachdem etliche Jahre vergangen sind, vermissen wir ihn immer noch.

Bäume und Büsche

Dass ich alle Pflanzen liebe, dürfte inzwischen klar geworden sein. Ganz besonders liebe ich Bäume. Wenn ich unter einem alten Baum stehe und in seine Krone schaue habe ich immer das Gefühl, als wolle der Baum mir etwas erzählen. Dann denke ich darüber nach, was er im Laufe seines Lebens wohl alles gesehen haben mag. Auch die Lebenskraft, die in Bäumen steckt, bewundere ich sehr. Wie oft sieht man frische Triebe an Stellen, wo zuvor ein alter Baum gefällt worden war. Und diese frischen Triebe haben mich schon oft veranlasst, zu versuchen, aus Trieben neue Bäume zu ziehen. Aber nicht nur aus Trieben von Bäumen, sondern ebenfalls aus solchen von den verschiedensten Büschen habe ich neue Pflanzen ziehen können. Es braucht Geduld. Viel Geduld, denn Stecklinge eilen sich nicht. Oft denkt man, na das wird nichts, und dann zeigt sich eines Tages ganz schüchtern ein knospendes Auge. Das ist jedes Mal eine große Freude.

Mit den Büschen ist der Erfolg meist fast garantiert. Mit den Bäumen verhält es sich schon anders. Je nach Sorte reagieren Stecklinge sehr unterschiedlich. Wenn mehrere Versuche zeigen, dass es so nicht geht, ist es besser, einfach einen kleinen Sämling auszugraben, wie z.B. unter Eichen. Dort kann man oft kleine keimende „Bäumchen" beobachten. Aber auch sie sind heikel. Häufig gefällt es ihnen gar

nicht, in einen Topf oder ein fremdes Stück Erde gepflanzt zu werden. Sie wollen dann einfach nicht gedeihen. Schnellen und leichten Erfolg erzielt man hingegen mit Weidenstecklingen. So habe ich z.B. alle Korkenzieherweiden, die an den Ecken meines Kräutergartens stehen, aus einfachen kleinen Ästen gezogen. Ins Wasser gestellt entwickeln sie unglaublich schnell Wurzeln und können bald eingepflanzt werden. Wenn ich alle in der Nähe des Gartens hätte behalten wollen, so hätte ich heute keinen Kräutergarten, sondern einen Wald von Korkenzieherweiden. So mussten wir also etliche dieser Bäumchen rechtzeitig verpflanzen. Wir taten dies in Nähe unseres kleinen Sees, wo sie sich sehr wohl fühlen; mittlerweile sind alle zu stattlichen Bäumen herangewachsen.

Besonderen Erfolg mit Trieben von Ziersträuchern habe ich mit Weigelien gehabt. Nach etwa drei Jahren konnte man sie gut verpflanzen, und sie schmücken jetzt ein Wiesengelände, das auf der anderen Seite den Weg zum Gehöft begrenzt.

Die bisher einzigen „Verweigerer" unter den Büschen sind Rhododendren und Hortensien. An verschiedenen Stellen des Grundstücks habe ich Rhododendren gepflanzt und gehofft, aus diesen gekauften Büschen weitere ziehen zu können. Leider weit gefehlt. Ich durchforstete alle mir zur Verfügung stehende Literatur, um herauszufinden, was ich falsch gemacht hatte. Eine Erklärung habe ich nicht gefunden. Allerdings waren meine Erfahrungen auch mit den gekauften Büschen nicht wirklich zufriedenstellend. Bei jedem Busch hatte ich das Erdreich entsprechend den Anweisungen gut für ein Torfbeet vorbereitet. Trotzdem entwickelten sich die Büsche nicht so gut wie gehofft. Zwar blühen sie jedes Jahr, sie wachsen auch, aber sie sehen nie so üppig aus, wie es ein wirklich gesunder Busch eigentlich sollte. Einen, der so richtig vor sich hin mickerte, habe ich kurzerhand ganz stark zurückgeschnitten. Ausgerechnet dieser Busch hat sich in der Zwischenzeit bestens entwickelt. Aber die Versuche, neue Pflanzen aus Trieben von Rhododendren zu ziehen, habe ich aufgegeben.

Der Misserfolg bei Hortensien hat mich direkt geärgert, aber ich werde unverzagt weitere Versuche in Angriff nehmen. An der Seite zum Eingang meines Hauses steht so ein Hortensienbusch, der ganz prächtig entwickelt ist und jedes Jahr eine unglaubliche Blütenpracht zeigt. Als wir in das Gehöft einzogen stand dieser Busch als ganz kleiner Vertreter seiner Art neben der Tür. Wenn ich daran denke, welche Ausmaße er inzwischen angenommen hat, so habe ich zwar große Freude daran, aber manchmal bleibe ich bei ihm stehen und schaue ihn zweifelnd an, warum er sich weigert, brauchbare Stecklinge zu liefern.

Erwähnen möchte ich noch Beerenobst. So konnte ich schwarze Johannisbeeren aus Trieben heranziehen. 30 Pflanzen, die sich sehr gut entwickelten, bilden nun eine lange Reihe außerhalb der Ligusterhecke, die meinen Kräutergarten begrenzt. Die Büsche sind jetzt etwa 5 Jahre alt und tragen regelmässig eine Menge Früchte. Auch Stachelbeerbüsche lassen sich gut aus Stecklingen ziehen.

Beim Schneiden der Stecklinge lasse ich mir immer viel Zeit. Die Triebe müssen kräftig sein und gute Augen haben. Und dann heißt es auch immer genau darauf zu achten, dass die Schnittstellen richtig sind. Da man manche Triebe vor dem Pflanzen erst eine Zeit lang trocknen lassen soll, ist es wichtig, unterschiedliche Schnittstellen (unten schräg, oben gerade) zu machen, damit man oben und unten leichter unterscheiden kann. Der untere Teil des Triebes, der Wurzeln bilden soll, also in die Erde kommt, muss immer unterhalb eines Auges abgeschnitten werden und der obere über einem Auge. Wenn man das nicht beachtet, wird man kaum Erfolg haben. Denn die Augen sind ja die Stellen, wo die Pflanzen treiben.

Als wir das Gehöft übernahmen, war der Ginkgo noch ein
kleiner Baum. Inzwischen ist er zu stattlicher Grösse herangewachsen. Jedes Jahr im Herbst entfaltet er eine unglaubliche
goldene Pracht.

Auch Schlangen fühlen sich bei uns wohl

Vor ihnen habe ich Respekt. Es gibt deren ziemlich viele im Gelände, vor allem an und in Mauerritzen, manchmal auch unter Plastikplanen, besonders dann, wenn es lange Zeit recht warm ist. Vorwiegend zwei Arten treiben sich bei uns herum. Da sind zunächst die Vipern. Meist handelt es sich um ziemlich kleine Exemplare, aber sie sind nicht ungefährlich. Das andere sind die völlig harmlosen Ringelnattern. Allerdings erreichen sie hier eine solche Größe, dass sie nicht nur mir rechten Schrecken einjagen können.

Meine erste Begegnung mit einer Schlange hatte ich ganz zu Beginn nach dem Erwerb des Grundstücks. Ich stand am Rand eines ziemlich vergammelten, von Unkraut umwucherten Swimmingpools und war in Überlegungen vertieft, ob man solch eine Einrichtung wieder restaurieren sollte, oder ob sie eigentlich völlig überflüssig sei. Während ich so da stand guckte ich gedankenverloren auf meine Füße - und erstarrte. Direkt neben meinem linken Fuß lag in der Sonne zusammengerollt ein Viper. Ich erkannte diese Schlange ohne jeden Zweifel. Es war ein ausnahmsweise größeres Exemplar, und das Einzige was ich denken konnte: ganz ruhig stehen bleiben, einfach nicht bewegen. Leicht fiel es mir nicht. Was war mit der Schlange los. Ganz bewegungslos eingerollt lag sie da. In Starre wie im Winter war sie sicher nicht, denn es war Sommer. Ich weiß nicht, wie lange ich so gestanden habe. Jedenfalls fing sie plötzlich an, sich ohne Hast langsam davon zu schlängeln. Seit diesem Tag bewege ich mich in unübersichtlichem Gelände und vor allem rund um Mauern nur noch in Stiefeln.

Das mache ich auch, wenn ich in meinem Garten hinter dem Haus, der von einer alten wunderschönen Mauer eingefasst ist, arbeite. Meine anfänglichen Bemühungen, der Mauer entlang Blumenrabatten anzulegen, habe ich schnell aufgegeben. Die Gartenfläche ist ein wildes Rasenstück, völlig verunkrautet, massenhaft von Steinen durchsetzt und Lieblingsplatz von Maulwürfen. Dieses Gartenstück mähe ich nur regelmäßig und in der Mitte prangt meine Wäschespinne. Aber der Mauer entlang habe ich viele Büsche gepflanzt, die sich mit der Zeit gut entwickelt haben und sich Jahr für Jahr in voller Blüte präsentieren.

An dieser Mauer hatte ich die nächste Begegnung mit einer Viper, einer ganz kleinen. Ich wollte unter einem Rhododendronstrauch etwas größeres Unkraut ausreißen und klopfte mit einem Holzstock an die Mauer, um etwaige Schlangen zu vertreiben. Im Grunde sind Schlangen ja sehr scheu und fliehen schnell, sofern man sie nicht in Bedrängnis bringt. Diese kleine Viper, die ich hier aufgescheucht hatte, dachte aber gar nicht daran, wegzukriechen. In mei-

nen Stiefeln fühlte ich mich sicher und betrachtete sie neugierig. Sie hatte ihren Kopf erhoben und war sehr erregt. Es ist gar nicht einfach dieses Züngeln gut zu beschreiben. Ich wollte sehen, wie sie reagieren würde, wenn ich sie ein bisschen ärgerte. Ich nahm also einen sehr langen Grashalm und fuchtelte damit vor ihrem Kopf herum. Wütend schoss sie ein Stückchen voran, um dann aber in Blitzeseile doch den Rückzug anzutreten.

Ein anderes Mal fanden wir ein ganzes Nest kleinster Vipern unter einer Plastik. Sie mussten dort aus den Eiern geschlüpft sein. Mein Sohn packte alle vorsichtig in einen großen Eimer und trug sie in den Wald.

Mit den großen Ringelnattern haben wir auch schon so manches Erlebnis gehabt. Das eindrücklichste aber von allen war folgendes: Ein wunderschöner Sommertag. Es war schon später Nachmittag und mehrere Personen saßen im Hof gemütlich bei einem Glas Wein zusammen. Die Kinder tobten herum und eines der kleinen Mädchen hockte auf der breiten Treppe vor der Eingangstür zum Haupthaus. Plötzlich schrie das Kind laut auf und sprang kreischend die Treppe hinunter. Wir mussten nicht lange fragen, was passiert war. Eine große Schlange wand sich die Treppe hinunter und verschwand in den Ästen des Hibiskus, der neben der Haustür steht. Wie war sie so plötzlich auf die Treppe gekommen? Die ist vom Dach gefallen, schrie das Mädchen. Wir konnten es fast nicht glauben und trauten unseren Augen kaum als wir sahen, dass eine zweite Schlange vom Dach herunterrutschte und sich in das Eisengitter, dass den oberen Teil der Eingangstür schmückt, wand.

Gebannt schauten wir dem ganzen Geschehen zu. Die zweite Schlange bewegte sich sehr langsam hin und her, schien nicht zu wissen, wohin sie eigentlich wollte.

Die Größe der Ringelnattern ist beeindruckend. und kann einem schon einen Schrecken einjagen.

Jedenfalls reichte die Zeit gut, um den Fotoapparat zu holen und diese Situation im Bild festzuhalten. Ein Besucher, ein kräftiger Mann, schien entsetzliche Angst zu haben, suchte herum , und mit einer Bohnenstange bewaffnet wollte er die erste Schlange

hinter dem Hibiskus verjagen. Es gelang ihm aber nicht. Wartete die erste Schlange auf die zweite? Ganz gemächlich glitt die zweite nun an der Tür hinunter und bewegte sich ebenfalls zum Hibiskus. Ganz langsam, ohne jede Hast, schlängelten sich die Tiere dann eines nach dem anderen an der Hausmauer entlang, gut getarnt hinter Büschen, weg vom Hof zur Obstwiese. Obwohl wir wussten es waren Ringelnattern, wirkliche Prachtexemplare, so verursachten sie doch ein allgemeines Unbehagen. Wie kamen die aufs Dach. Kein großer Baum steht so dicht an diesem Haus, dass sie von den Ästen hätten herunterkommen können. Jedenfalls ist die Frage bis heute ein ungelöstes Rätsel.

Einen viel, viel größeren Schreck bekam ich eines Tages. Ich wollte etwas aus meinem Schlafzimmer holen. Im gleichen Augenblick als ich den Raum betrat sah ich eine kleine Schlange unter der Heizung verschwinden. Auf dem Absatz kehrt, Türe zu und wirklich hysterisch rannte ich in den Hof laut schreiend: in meinem Schlafzimmer ist eine Schlange! Zum Glück war mein Sohn da und auch ein Freund von ihm. Die beiden Männer kamen mir sofort zu Hilfe. Mit Handschuhen und irgend einem Gefäß zum Fangen des Tieres bewaffnet, machten sie sich auf Schlangenfang. Ich ging mit ihnen in das Zimmer und machte die Türe nun von innen wieder zu, denn keineswegs wollte ich der Schlange Gelegenheit verschaffen, an irgend einen anderen Ort im Haus zu entwischen. Zwar mit Vorsicht, aber immerhin auf dem Fußboden herumkriechend – nie hätte ich mich in einer solchen Position einer Giftschlange genähert - fanden die beiden das Tier und konnte es mit einem Glasbehälter einfangen. Es war eine kleine Viper.

Seit diesem Tag steht meine Balkontür keinen Augenblick mehr offen, wenn ich nicht in der Küche bin. Alles in allem aber finde ich Schlangen sehr schön. Und wenn ich Gelegenheit habe, dann beobachte ich sie auch. Das ist öfters der Fall. So zum Beispiel konnten wir schon mehrmals sehen, wie zwei Schlangen sich umeinander geringelt über Mauern bewegten. Sind das Paarungsrituale oder Kämpfe männlicher Schlangen? Leider weiß ich zu wenig über Reptilien. Ich muss mal darüber etwas lesen.

Morgenspaziergang

Die Frische des Morgens lockte mich hinaus ins Freie: Nur eine kurze Spanne Zeit in jenem heissen Sommer, denn die ersten Sonnenstrahlen blitzten schon über den Bäumen im Osten auf. Bald wird die sengende Hitze dieses Sommers wieder alles schier verbrennen lassen. Ich beschloss, die Kühle des Morgens für einen Spaziergang hinten ins Tal zu nutzen. Ich wollte schauen, ob sich in diesem Jahr der wilde Cotoneaster ebenso prächtig entwickelt hatte wie im vergangenen. Er verträgt die Hitze zwar sehr gut, aber in diesem Sommer war es des Guten einfach zu viel. Wirklich nur tropisch, über Wochen und kein Tropfen Regen.Zunächst durchquerte ich meinen Kräutergarten, ging durch die hintere Mauerlücke und voller Erstaunen schaute ich auf den schmalen Feldweg, der entlang am Rand des Waldes ins Tal führt. Vor meinen Augen erschloss sich ein einziges blaues Band. Wegwarten! Diese wunderschönen wilden blauen Blumen. Kein vertrocknetes Gras und Unkraut war auf dem Weg mehr zu sehen wie in den Tagen zuvor. Nur noch einem blauen Teppich gleich zog sich der Weg ins Tal so weit das Auge schauen konnte. Solche Augenblicke erfüllen mich mit einer tiefen Freude über die Kraft und das Geschehen in der Natur. Ich zögerte weiter zu gehen. Ich hätte auf die Blüten treten.müssen. Natürlich wusste ich, dass in wenigen Stunden am Abend oder am nächsten Morgen der Traktor über sie hinwegfahren würde.. Ob der Fahrer sich wohl auch dieses schönen Anblicks bewusst werden wird?

Ein Freund von mir hat anlässlich seines Besuches einmal einige Wegwarten ausgegraben. Er mochte sie so gerne und bedauerte, dass sie in seiner Heimat gar nicht mehr zu finden waren. Aber dort haben sich die Mitgenommenen nicht wohl gefühlt, denn keine der Pflanzen wollte in der fremden Umgebung anwachsen.

Ich stand noch eine Weile in Gedanken versunken am Feldweg. Für mich verbinden sich mit dieser Blume romantische Erinnerungen an eine grosse Jugendliebe während des Krieges. Wir beide liebten damals das Hermann Löns-Lied von der Wegwarte ganz besonders. Es ist ein schlichtes Volkslied, wie die meisten der von F. Jöde vertonten Löns-Gedichte und lautet wie folgt:

Wegewarte

Es steht eine Blume, wo der Wind weht den Staub
Blau ist ihre Blüte, aber grau ist ihr Laub.

Ich stand an dem Wege, hielt auf meine Hand
Du hast Deine Augen von mir abgewandt.

Jetzt stehst Du am Wege, da wehet der Wind,
Deine Augen die blauen, vom Staub sind sie blind.

Da stehst Du und wartest, dass ich komme daher,
Wegewarte, Wegewarte, du blühst ja nicht mehr.

Es ist ein trauriges Lied - viel Liebesschmerz, aber
es passte zu unserer Stimmung in jener Zeit. Ja, ich
verliere mich immer in Gedanken an Vergangenes.
Noch einmal schaute ich mir diesen so blauen Feldweg an und nahm das Bild tief in mich auf. Dann
wandt ich mich zurück zum Haus.

Eine Wegwarte

Hornissen sind wunderschön!

Ich saß im Coiffeur-Salon. Schweigend hörte ich dem vielstimmigen Geplauder der Kundinnen zu. Es war Sommer, Spätsommer. Plötzlich machte die Inhaberin eine theatralische, hin- und herwischende Geste mit der Hand begleitet von aufgeregten Worten: „Und die Hornissen schwirrten wie verrückt am Weinlaub auf der Terrasse herum."

„Hornissen sind wunderschön und gar nicht gefährlich," mischte ich mich ein. Hätte es ja lassen können, denn diese Viecher sind schon respekteinflössend. Aber dieses Theater als ob mordende Biester durch die Luft flögen, reizte mich zum Widerspruch. Der Madame fiel förmlich der Kiefer herunter: Waaas, na Danke schön," so ihr entsetzter Ausruf.

„Ja, sie sind sogar sehr nützlich. Die stechen nur, wenn man nach ihnen schlägt." Meine Meinung, und dies ist meine ehrliche Meinung, war hier einfach zu viel des Guten.

„Sind Sie schon einmal gestochen worden von so einem brummenden Biest? Das ist gefährlich!" Bei diesen Worten schüttelte sie ihren Kopf, schaute schräg zu mir und blickte dann Zustimmung heischend zu den anderen Kundinnen. Ich hatte den Eindruck, die sind sich alle einig und denken, ich sei nicht ganz bei Trost.

Ich schaute in die Runde: " Ja, ich bin schon einmal gestochen worden. Und es stimmt, es tut ganz schön weh!"

„Und da finden sie die Biester noch schön?", schwirrten mir die Worte entgegen.

„Ja das finde ich nach wie vor. Ich habe schon einige mit Nahaufnahme fotografiert. Und das mit dem Stich war reine Notwehr!"

„Notwehr von einer Hornisse, das ist ja zum Lachen". Alle waren sich einig.

„Doch es war Notwehr. Ich hatte Wäsche von der Leine im Garten geholt und drehte eine lange Hose auf die rechte Seite um. In dem Hosenbein hatte sich eine Hornisse verirrt. Als ich sie beim Umdrehen versehentlich griff, hat sie gestochen. Ist normal. Seit dem vergewissere ich mich immer, dass keine Hornisse, Biene oder Wespe sich in einem Wäschestück verfangen hat."

An dem weiteren Gespräch beteiligte ich mich nicht mehr. Die Leute hatten wirklich Angst. Nach allem, was so behauptet wird, ist das ja auch verständlich. Ich dachte an den Stich. Ein halbes Jahr lang hat der mich immer wieder gejuckt. Aber die Hornisse flog damals unbeschadet davon, was mich wirklich gefreut hatte. Aber so schön ich die Hornissen auch finde, ich habe schon Respekt vor ihnen, jedoch keine Angst. Aber das wollte ich dieser quasselnden Runde nicht sagen.

Hornissen zu Ende August und Anfang September gehören zu unserem Gehöft wie das Wetter. Vielleicht liegt es an dem alten Feigenbaum im Hof, der uns jedes Jahr mit einer Fülle von Feigen verwöhnt. Diese Früchte gehören offensichtlich zu den Lieblingsspeisen der Hornissen. So kommt es vielleicht, dass ich mich durch die alljährlichen Begegnungen mit diesen lautstarken Brummern an sie gewöhnt habe. Aber einige Begegnungen mit ihnen sind mir dennoch in eindrücklichster Erinnerung.

Stellen Sie sich einen wunderschönen Spätsommerabend vor. Ich war noch ein wenig hinausgegangen. Es war bereits dunkel, der Himmel sternenklar, die Luft ungewöhnlich mild. Ich war noch etliche Meter vom Haus entfernt, als ich das eindrückliche Brummen vernahm. Das mussten viele Hornissen sein. Langsam, recht vorsichtig, näherte ich mich meiner Haustür. Und dann sah ich sie. Einen ganzen Schwarm von Hornissen, der um die Lampe schwirrte, die dicht oben neben meiner Haustüre brannte. Meist lasse ich das Licht im Sommer nachts aus, da es alle Arten von Insekten anzieht. Da stand ich nun mit meiner Weisheit. Aus relativ sicherer Entfernung beobachtet ich das Geschehen. Ich konnte ja nicht die ganze Nacht draußen bleiben. Über die Veranda zur Küche ging nicht. Ich hatte die Küchentür von innen verschlossen. So nahm ich halt all meinen Mut zusammen, bewegte mich nur sehr langsam und vorsichtig, und unbeschadet erreichte ich meine Haustüre. Als ich in Sicherheit war, atmete ich erleichtert auf. Ich wollte schon das Außenlicht löschen, als ich das Auto meines Sohnes hörte. Na, dann lieber noch brennen lassen, dann bleiben die Hornissen vermutlich um die Lampe herum. Ganz vorsichtig öffnete ich nur einen winzigen Spalt und schrie nur hinaus: „Gib ach, die Hornissen schwärmen." Später löschte ich das Licht und binnen kurzem waren sie alle verschwunden.

Eine vielleicht nicht ganz so eindrückliche, aber umso unangenehmere Begegnung mit Hornissen erlebte ich im letzten Sommer. Ich wollte die Abendnachrichten im Fernsehen schauen und hatte es mir in einem Sessel gemütlich gemacht. Draußen war es noch hell und in Gedanken versunken wartete ich auf den Beginn der Nachrichten. Was war das? War das nicht der vertraute Ton einer Hornisse. War die vielleicht draußen an einer der Fensterscheiben? Nein keineswegs, die war innen an einem Fenster. Aber nicht nur eine! Nein, da war eine zweite, ja sogar eine dritte! Wo kamen die bloß her? Kein Fenster war geöffnet. Ich schaltete den Ton vom Fernseher ab und lauschte. Ja, da war nicht nur das Gebrumm der Hornissen, die im Zimmer waren, sondern ganz deutlich vernahm ich ein vielstimmiges Brummen. Unverkennbar: es kam oben aus dem

Kamin. Ich bekam einen höllischen Schrecken. Ein Hornissennest im Kamin von meinem Wohnzimmer. Ich malte mir schon aus, wie das ganze Volk der Hornissen durch den Kamin ins Zimmer kommen könnte. So ruhig und umsichtig wie möglich beförderte ich erst einmal die drei Einzelgänger zum Fenster hinaus. Ich gebe zu, dass ich mich nicht traute, in dem Kamin nach oben zu schauen, um zu sehen, ob die Hornissen durch den Kamin nach unten dringen könnten. Zum Glück kam gerade mein Sohn herein, und mit einer Taschenlampe leuchtete er den ganzen Kaminabzug aus. Aber da war alles fest verschlossen. Im Sommer benutze ich den Kamin ja nicht. Aber wo waren die Hornissen herein gekommen? Die Zimmerdecke des Wohnzimmers ist aus Holz, teilweise sehr schöne alte Balken. Irgendwo da müssen sie wohl vom Dach aus eine Ritze finde, durch die sie eindringen können. So gab ich mich zunächst damit zufrieden, dass der Besuch der drei Hornissen wohl eine Ausnahme gewesen sein musste. Hoffte ich. Aber diese Hoffnung erwies sich als trügerisch. Jeden Tag, am Morgen und vorwiegend am Abend, wenn im Zimmer Licht brannte, verirrte sich immer wieder so ein Brummer in mein Wohnzimmer. Wenn ich die Spätnachrichten hörte, machte ich schon gar kein Licht mehr an und guckte im Dunkeln auf den Bildschirm. Es dringt dann nur etwas Licht vom Esszimmer ins Wohnzimmer. Zwischen den beiden Räumen gibt es keine Türe, sondern nur einen breiten offenen Durchgang. Aber bisher hat sich im Esszimmer noch keine Hornisse

eingefunden. Empfehlungen, ich solle das Nest von einem Spezialisten doch beseitigen lassen, lehnte ich strikt ab. Es sei denn, es handelte sich um einen Fachmann, der das gesamte Nest abnehmen und an einen anderen Ort bringen könnte. So bemühte ich mich weiter, jeden Tag einige Hornissen mit der nötigen Vorsicht ins Freie zu befördern, was mir bisher auch immer gelungen ist.

Langsam neigte sich der so heiße Sommer seinem Ende zu. Die Tage, vor allem die Nächte wurden kühler. Aber die Tage waren noch immer sehr warm. So trieb sich das Hornissenvolk um die letzten über-reifen Feigen herum. Jeden Tag schaute ich vom Hof aus auf meinen Schornstein in der Erwartung, dass das eifrige Ein- und Ausfliegen bald ein Ende haben möge. Allzu lange konnte es ja wohl nicht mehr dauern, bis die Tage kälter wurden. Im Winter muss-te dann der Kaminabzug gründlich gereinigt und irgend eine Vorrichtung eingebaut werden, die das Einnisten verhindern konnte. Nach Angaben eines Freundes sollten Hornissen im folgenden Jahr nie am gleichen Ort ihr Nest bauen. Ich wusste nicht, ob das stimmt. Jedenfalls wollte ich nicht so lange war-ten und beobachten, ob das der Wahrheit entsprach. Mein Haus hat so viele Holzanteile, dass ich be-fürchten musste, dass die Hornissen vielleicht eine andere Ecke meines Hauses zu ihrer Heimstatt wäh-len könnten. Vielleicht am Vordach vom Balkon?

Die Frage nach dem Verhalten der Hornissen ließ mir keine Ruhe, und ich durchstöberte alle einschlägigen Bücher nach weiterer Information. Da kam mir per Zufall eine Fernsehsendung über Hornissen zu Hilfe. Danach soll die alte Königin sterben und einige junge Königinnen (das sind wenige befruchtete Hornissenweibchen) suchen sich eine Stelle außerhalb des alten Nestes zum Überwintern. Ab Mitte April des kommenden Jahres fliegen sie dann herum auf der Suche nach einer geeigneten Stelle für ein neues Nest. Diese Stelle versuchen sie in der Nähe ihres Winterquartiers zu finden, nie aber an der gleichen Stelle des alten Nestes. Es war beeindruckend in der Sendung zu beobachten, welch enorme Leistung die junge Königin allein vollbringen muss, um ein neues Nest aufzubauen.

Doch jetzt ergab sich für mich natürlich die weitere Frage: Wo überwintern die Königinnen? Vielleicht irgendwo zwischen den Holzbalken an meinem Haus? Ich musste aufgeben. Eine einzelne Hornissenkönigin zu suchen wäre wirklich nur einem Verrückten zuzutrauen. Ich musste also im nächsten Frühjahr ein Auge darauf haben, wo frühzeitig herumfliegende Hornissen zu beobachten waren, die mit dem Aufbau eines neuen Nestes beschäftigt waren. Dann könnte ich die ihnen sympathischen Stellen mit irgend etwas behandeln, was sie nicht mögen. In jedem Fall aber muss ich mich nach einem Hornissenspezialisten umschauen, um eine wirklich dauerhafte Abhilfe schaffen zu können.

Ärger und Freude mit der Motorsense

Im Zusammenhang mit den Gartenwegen habe ich die Motorsense schon erwähnt. Ich zögerte zunächst lange Zeit, bevor ich mich zum Kauf eines solchen Gerätes entschloss. Alle jüngeren Bekannten meinten, dass ich in meinem Alter nicht mit einem solchen Gerät arbeiten könnte. Ich war allerdings überzeugt, dass ich es können würde. Nun, ich folgte trotzdem den guten Ratschlägen und kaufte zunächst einmal einen kräftigen Rasenmäher. In dem kleineren Hausgarten konnte ich ihn zwar gebrauchen, aber schön sah die gemähte Fläche nachher wirklich nicht aus. Der Wiesenboden ist viel zu holperig, als dass man mit dem Rasenmäher ein sauberes Resultat erzielen könnte. Auch zum Einsatz um meinen Kräutergarten herum war er absolut ungeeignet. Ein anderer Ärger mit dem Rasenmäher war die Tatsache, dass ich den Motor nicht anlassen konnte. Jedenfalls solange er noch kalt war. Ich benötigte mindestens eine hohe Treppenstufe oder ähnliches, um das Zugseil in genügender Länge mit einem Ruck so herausziehen zu können, dass der Motor ansprang. Also musste ich jedes Mal um Hilfe schreien, damit ein Mann mir den Rasenmäher in Gang setzte. Ich konnte mich mit diesem Gerät überhaupt nicht anfreunden. Also beschloss ich, trotz aller Warnungen, eine Motorsense zu kaufen.

Zunächst klapperte ich die einschlägigen Geschäfte ab und studierte alle Prospekte sehr eingehend. Darüber hinaus fing ich mit den unterschiedlichsten Leuten, die ich bei der Arbeit mit einer Motorsense beobachtete, Gespräche an. Was sich sehr schnell herausstellte war die Tatsache, dass ich mir auf keinen Fall eine zu leichte Motorsense kaufen durfte. Diese leichteren Geräte besitzen zum Mähen nur einen Faden, der sich wirklich nur zum Entfernen von Gräsern eignet. Da sie kein Messer zum Austauschen mit dem Faden besitzen, kann man mit diesen leichteren Geräten wuchernde Ranken, wie z.B. von wilden Brombeersträuchern, überhaupt nicht abschneiden. Der generelle Nachteil des Fadens gilt für alle Geräte, schwach oder stark. Ist das Gras und Unkraut zu hoch, verwickelt sich der Faden, wenn man nicht aufpasst. Am Anfang passiert einem das öfters. Dann heißt es jedes Mal: Motor abstellen, Sensenkopf öffnen und den Faden neu einstellen. Allerdings lässt sich der noch warme Motor schnell wieder anstellen.

Mit der Erfahrung aber wird man klüger und man merkt, dass man bei zu hohem Gras eben zweimal darüber gehen muss. Also zuerst einmal nicht in Bodennähe arbeiten, sondern das Gerät praktisch auf halber Höhe durch die Luft führen, um so den Wuchs zu kürzen.

Wie zuvor in den Geschäften bereits erkundigt, wollte ich unbedingt sicher sein, dass ich die Motorsense alleine würde in Gang setzen können. Misstrauisch betrachtete ich daher Zugseile und liebäugelte mit diesen kleinen bulligen Fahrzeugen, auf denen man sitzen und sie mit Anlasser bedienen kann. Aber das blieb nur ein Wunsch. Deren Einsatzmöglichkeiten gehen weit über meinen Bedarf hinaus. Und einmal abgesehen vom doch recht teuren Preis, würde ich an den vielen schrägen Teilen unseres Geländes nicht auf einem solchen Gerät sitzen wollen. Die sind wohl besonders für Golfplätze oder ähnliche Gelände geeignet. Also zurück zur Motorsense. Ich entschied mich nach sorgfältiger Überlegung für die schwerere Variante, also für ein Gerät, bei dem man den Faden gegen ein Messer austauschen konnte. Der Verkäufer versicherte mir, es sei überhaupt kein Problem, den Motor anspringen zu lassen, machte es mir zweimal vor und ließ es mich dann selbst versuchen. Es klappte wunderbar. Was ich aber nicht bedachte, war die Tatsache, dass der Mann den Motor zuvor ja schon angezogen hatte. Jedenfalls klappte es zu Hause dann überhaupt nicht. Auch bei diesem Gerät brauchte und brauche ich jedes Mal die Hilfe eines Mannes. Mittlerweile habe ich mich mit dieser Tatsache abgefunden.

Aber die Arbeit mit diesem Gerät macht Freude. Man hat sehr schnell ein Erfolgserlebnis vor Augen. Und sauber kann man alle Ecken und Hubbel abmähen. So benutze ich nun diese Motorsense vor allem

rund um meinem Kräutergarten und ab und zu auch
an anderen Orten rund um das Gehöft. Nur einmal
machte ich bei der Arbeit mit der Motorsense eine
sehr schlechte Erfahrung. Es war an einem heißen
Tag und ich hatte, wie zu dieser Zeit normal, ein
kurzärmeliges T-Shirt an. Aber wie immer eine lange Hose und Stiefel. Letzteres zum Schutz. Denn mit
der Motorsense trifft man ein manches Mal bei diesem unebenen Untergrund auch auf Steine, und die
spritzen dann wie Geschosse durch die Gegend.
Deshalb trägt man auch stets einen Augenschutz bei
dieser Arbeit. Eifrig machte ich mich daran, eine
Böschung, die sich hinter dem Gehöft entlang zieht,
zu mähen. Wunderbar ging es voran. Wie immer ist
man praktisch von oben bis unten mit den herum-
spritzenden Gras- und Unkrautschnipseln übersät.
Nach getaner Arbeit heißt es dann, sich gründlich
reinigen. Noch bevor ich unter die Dusche ging,
bemerkte ich, dass meine Arme und auch der Hals
von roten Pünktchen übersät waren. Was war das?
Ich hatte zuvor kein Unkraut entdeckt, das einen
roten Saft absonderte. Ich war dennoch überzeugt,
dass es sich um irgend einen Pflanzensaft handeln
musste, der sich rot verfärbt hatte. Weit gefehlt. Die
Pünktchen fingen an zu jucken und vergrößerten
sich noch. Das war kein Saft, der auf meiner Haut
klebte, sondern das waren lauter kleine Blutpünkt-
chen! Unglaublich. Nachdem ich mich umgezogen
hatte, eilte ich hinaus und betrachtete die Böschung
eingehender. Ich entdeckte eine Pflanze, die ich an
anderen Orten nie zuvor gesehen hatte. Sie hat eine
92

starke Wurzel und die Reste der Blätter, die noch um den Wurzelstock herumlagen, ähnelten jenen von Artischocken. Ich wagte damals nicht, diese Pflanzen mit bloßen Fingern noch einmal anzufassen. Diesen Versuch machte ich einmal später. Sie war eindeutig der Urheber des Übels. Ich erwähnte ja schon, dass ich gegen alles Mögliche allergisch reagiere. Aber diese Geschichte vergesse ich nie. Es dauerte mehr als ein halbes Jahr bis ich die Tupfen los war, und immer wieder führten sie zu Juckanfällen. Seit dieser Zeit arbeite ich nie mehr in kurzen Ärmeln mit der Motorsense. Aber den Namen des Unkrautes suche ich noch heute. In keinem meiner vielen Bücher habe ich die Pflanze abgebildet gefunden, obwohl sie recht stattlich ist. Trotzdem habe die Hoffnung nicht aufgegeben, den Namen eines Tages doch noch zu entdecken.

Nun auch noch Mäuse

Ich hatte wieder einmal wie so oft für eine große Runde das Mittagessen gekocht. Am Küchentisch mit Eckbank saßen wir gemütlich beisammen und ließen es uns schmecken. Plötzlich sprang eines meiner Enkelkinder auf, zeigte mit ausgestrecktem Arm Richtung Gasherd und schrie voller Entzücken „eine Maus"! Keineswegs entzückt drehte ich mich rasch um und sah das kleine Tier gerade noch verschwinden.

Mäuse, nein das auch noch. Im großen Haupthaus mit angebauten Scheunen treiben sie sich öfters herum. In dem alten Gemäuer gibt es ja überall Ritzen und Schlupflöcher in Mengen, die ihnen das Eindringen erlauben. Aber bei mir! Das Haus ist zwar auch alt und aus schönen großen Natursteinen gebaut. Aber bisher hatte noch keine Maus bei mir Eingang gefunden. An den Gedanken, dass sie sich auch bei mir breit machen wollten, musste ich mich erst gewöhnen.

Angst vor Mäusen habe ich nicht. Ich steige nicht auf Stühle und Bänke, wenn mal eine durch die Gegend huscht. Eigentlich finde ich sie recht niedlich und possierlich. Aber sie mussten weg. Mäuse gehen an alles. Sie tun sich nicht nur gütlich an Essbarem, nein sie knabbern Buchseiten, Seifen, einfach alles nur Denkbare an. Und machen Dreck. Fürchterli-

chen Dreck. Überall hinterlassen sie ihre Spuren und Gestank. Von Hygiene ganz zu schweigen. Selbst meinen schönen alten Schrank im Esszimmer eroberten sie. Also auf zum Kampf gegen die Mäuse!

Freunde, die in einem ähnlichen alten Haus wohnten, erzählten mir stolz, bei ihnen gäbe es dank ihrer Katze nie Mäuse. Ich solle doch einfach Katzen ins Haus nehmen. Nun, ich habe Katzen, aber nicht im Haus. Da will ich sie nicht haben. Es sind keine Stadttiger. Es sind Tiere, die den ganzen Tag draußen verbringen, und die ich regelmäßig entflohen muss. Nein, Flöhe mochte ich nicht im Haus haben und auch keine Zecken, die es hier im Südwesten von Frankreich in rauen Mengen gibt. Beim Gang durch hohes Gras oder Gestrüpp empfehlen sich immer Stiefel, um keine Zecken aufzulesen. Es gab nur eine Lösung: Mausefallen. Aber nicht diese schrecklichen Klappfallen, sondern Lebendfallen. (Ich erwähnte bereits, dass ich Tiere nur im äussersten Notfall töte.) Damit war ich eigentlich ganz erfolgreich. Aber die Mäuse waren erfolgreicher. Sie vermehrten sich schneller als ich sie fangen konnte. Wenn ich wieder einmal ein Mäuschen in der Falle fand, trug ich es in der Falle hinaus in den Wald. Schwierig war dabei nur manchmal, dass mir die Katzen ein Stück weit folgten. Aber es gelang mir immer, sie abzuschütteln. Ich versuche allerdings nicht, die Katzen am Mäusefangen zu hindern. Das ist ihre Welt, das ist Natur. Aber wenn ich so ein

Tierchen in die Hand (sprich Falle) bekomme, werfe ich es nicht den Katzen zum Fraß vor.

In der Lebendfalle wartet das Mäuschen auf die Freiheit.

Streng achtete ich von diesem Tag an, als die erste Maus Einzug hielt, darauf, dass auch nicht nur ein Krümel an Essbarem herumlag. Alles ist unter Verschluss in Büchsen, Gläsern und gut verschließbaren Schränken. Außerdem suchte ich mein ganzes Haus nach Löchern im Gebälk ab und verstopfte die wenigen, die ich fand, mit Eisenwolle. Und die Türe zu meinem Schlafzimmer blieb nie offen stehen. Dort hörte ich die Mäuse höchstens, wenn sie sich unter dem Dachgebälk herumtrieben. Aber wie kamen sie in die Wohnung? Diese Frage beschäftigte mich immer wieder. Hatte ich doch alle Löcher verstopft.

Und durch die Balkontür in die Küche huschte sicherlich keine einzige. Der Balkon war nämlich der Lieblings-Aufenthaltplatz meiner Katzen. An ihnen wäre kein Mäuschen vorbeigekommen.

Eines Tages offenbarte sich mir das Geheimnis. Gespannt verfolgte ich gerade einen Krimi im Fernsehen, als ich das Gefühl hatte: da huscht etwas. Blitzartig drehte ich mich um. Tatsächlich! Quer über die Wand neben dem offenen Kamin lief eine Maus. Das musste das Einfallstor sein: der Kamin. Nun, den wollte ich ja nicht zumauern lassen, aber die Mäuse als Fernsehzugabe fand ich wirklich nicht angenehm. Ich konnte noch beobachten, wie die Maus sich in Richtung Esszimmer bzw. auch der Küche davon machte.

Meine vielleicht trotz aller Missstände etwas fragwürdige Sympathie für die Tierchen fand ein ziemlich plötzliches Ende. Die Tiere mussten zu einem energischen Kampf gegen meine „Abschließwut" aufgerufen haben. Gleich zwei „Einbrüche" fand ich an einem Morgen vor: In eine Schublade des Küchenschrankes hatten sie ein Loch genagt und sich, wie die Spuren verrieten, zwischen dem dort befindlichen Besteck getummelt. Die zweite Feststellung – das war der Gipfel: ich öffnete den Brotkasten, um zu frühstücken. Eine kleine Maus saß darin und schaute mich mit großen Augen an. Sie rannte nicht einmal davon, erst als ich sie verjagte. Von der

Rückseite her hatte sie sich ein Loch ins Holz genagt.

Nein, das war einfach zu viel des Guten. Als erstes
schmiss ich den Brotkasten fort und kaufte mir einen
aus Edelstahl. Daran konnten sie sich ihre Zähne
ausbeißen. Im übrigen versuchte ich alle möglichen
Ratschläge zu befolgen. Gerüche, wie Knoblauch
z.B. und vieles mehr   waren absolut erfolglos.
Manchmal brachte es ein wenig Besserung, aber nur
vorübergehend.

Im Winter zogen sie sich in unbekannte Verstecke
zurück. Vermutlich überlebten die meisten auch gar
nicht. Ich kenne die Lebenserwartung von Mäusen
nicht genau. Also beschäftigte ich mich weiter mit
der Frage, wie werde ich sie im kommenden Frühjahr definitiv los. Unter vielen einschlägigen Annon-
cen fand ich auch ein Gerät, das durch die Erzeu-
gung eines Ultraschalls dem Mäusegehör so
schmerzhaft zusetzen soll, dass sie das Weite suchen. Hatte ich so etwas nicht schon einmal auspro-
biert? Na klar, aber ohne Erfolg. Aber jetzt stand da
doch: „verbesserte Ausführung...etc." Also nochmals probieren. Bevor sich das Mäusevolk also wieder bei mir breit gemacht hatte, stellte ich das Gerät
auf. Ich konnte es fast nicht glauben. Es funktionierte!! Seit einem halben Jahr habe ich in meinen Zim-
mern keine einzige Maus mehr wahrgenommen.
Jetzt sehe ich höchstens noch tote Mäuse, die meine

Katzen mit Vorliebe außen auf dem Fensterbrett
abliefern.

Apropos Katzen

Dazu muss ich doch auch noch etwas kurz erzählen. Wie bereits bemerkt, halten sie sich mit Vorliebe auf meiner Veranda auf. Den ganzen Tag und oft auch in der Nacht lungern sie da herum. Auch so manch herumstreunender Kater kommt bei Nacht schnell vorbei, um aus den Futternäpfen zu stehlen. Sie tun es sehr heimlich. Aber wenn sie von den „Verandaeigentümern/innen" (die alle kastriert sind) erwischt werden, gibt es großes Gefauche und Gekreische.

An dem Geländer der Veranda habe ich immer eine Reihe von Blumenkästen mit Sommerblumen. Die Katzen lieben diese Kästen sehr und pflegten sich mit Vorliebe auf die Pflanzen zu legen, um sich dort die Sonne auf den Pelz scheinen zu lassen. So schnell wie möglich versuchte ich dieses Übel abzustellen. Von den Kletterrosen und den vielen Brombeersträuchern schnitt ich lange dornige Zweige ab, legte und steckte sie zwischen die Blumen in den Balkonkästen. Leider brachte dies nur vorübergehend Erfolg. Nach kurzer Zeit waren die Dornenzweige umgeknickt, weggeschoben – die Katzen hatten ihre Ruheplätze wieder erobert. Auch Steine, die ich zwischen die Pflanzen legte, halfen nicht. Nun, wenn es so nicht geht dann eben anders. Kurzerhand besorgte ich mir nochmals eine Reihe solcher Kästen, legte Putztücher hinein und hing sie an

die Innenseite des Geländers. Neugierig beobachtete das Katzenvolk diese Neuerung und nach kurzem Zögern nahmen sie voller Behaglichkeit die Kästen in Besitz.

Schön ausgeplostert mit Putztüchern sind diese Kästen ja noch viel gemütlicher als die mit Blumen bepflanzten.

Obwohl für jede Katze, deren sind es fünf, genug Platz war, drängten sich manchmal zwei in einen Kasten. Dann konnte man nur noch Fell sehen, aber kaum unterscheiden wo die eine Katze anfing und die andere aufhörte. Und manchmal „unterhielten" sie sich auch von Kasten zu Kasten und unterstrichen ihr Geschnurre mit Pfötchengebärden.

Kätzerische Spielereien"

Und noch einmal: die Gartenwege

Jahre sind vergangen und noch immer ist die Sauberhaltung der Gartenwege das ungelöste Problem. Ich weiß nicht, wie oft ich mir darüber den Kopf zerbrochen habe. Eines Tages aber bekam ich ein kleines Buch in die Hand, das speziell der Anlage von Gartenwegen gewidmet war. Wunderschöne Abbildungen waren darin. So sehr mich die mit den verschiedensten Steinen und Platten gestalteten Anlagen, oft in Form von Mosaiken, auch faszinierten, musste ich zunächst feststellen, das war nichts Brauchbares für mich. Wie sich bei der Anleitung sehr deutlich zeigte: das war Arbeit für einen Gartenarchitekten. Schon wollte ich das Büchlein zur Seite legen, als ich auf den letzten Seiten eine Lösung fand. Das war's! Gartenwege mit Baumrindenstücken belegt. Sofort studierte ich intensiv die Arbeitsanleitung. Für diese Lösung war es nicht nötig einen völlig ebenen Untergrund anzulegen, damit die zu verlegenden Steine fest saßen und nicht anfingen zu wackeln. Auch musste nichts exakt verlegt werden. Hier hieß es nur ausschütten. Zwar musste natürlich auch hier der Boden ausgehoben werden, aber damit rechnete ich ohnehin. 30 bis 40 Zentimeter tief sollten die Wege ausgehoben werden, dann mit einer etwa 15 Zentimeter dicken Schicht von Kieselsteinen aufgefüllt werden und zuletzt war eine Schicht aus Baumrinde darüber anzubringen.

Da der Garten viele kleine Wege hat, maß ich zunächst einmal die Länge der gesamten Wege aus und berechnete die Mengen für Kiesel und Baumrinde. Da kam schon einiges zusammen. Nun, Kieselreste gab es noch etliche von den letzten Bauarbeiten im Gehöft, und die noch fehlende Menge kaufte ich hinzu. Wegen der Baumrinde klapperte ich die verschiedensten Spezialgeschäfte ab und stellte fest, dass es einen enormen Preisunterschied gab. Bei der Anzahl von 160 Säcken, die ich benötigte, musste ich das schon berücksichtigen. Bestärkt wurde ich in meinem Vorhaben durch den Besuch einer Gartenausstellung. Dort hatte man an den verschiedensten Plätzen mit dieser Methode Anlagen gestaltet. Es sah wunderschön aus.

Also kaufte ich die notwendige Baumrinde und machte mich ans Graben. Ich wartete damit bis es wieder einmal geregnet hatte, damit der Boden nicht zu hart war. Mein erster Eindruck bei dieser Arbeit war ermutigend. Voller Eifer lud ich jeweils die Schubkarre voll mit der ausgegrabenen Erde und füllte damit an einer anderen Stelle außerhalb meines Gartens einen vom Traktor tief zerfurchten Feldweg aus. Es war anstrengend, ich muss es zugeben. Aber es schien voran zu gehen. Ich schaute nach zwei Stunden auf die Uhr und schätzte, dass ich etwa 2 Meter geschafft hatte. Geschafft? Weit gefehlt. Denn nüchtern betrachtet, hatte ich bei weitem keine 30 cm tief ausgehoben, höchstens 10. Et-

was zweifelnd und nicht ganz frei von Rücken-
schmerzen ging ich ins Haus, setzte mich an den
Schreibtisch und rechnete aus, wie lange ich brau-
chen würde, um die Wege auszuheben. Es bedurfte
nur weniger Minuten, um zu erkennen: Wochen
würde es dauern, Wochen bis spät in den Herbst
hinein. Vermutlich noch länger. Dann wäre ich
schon längst wieder in der Schweiz. Ganz abgesehen
davon, dass es meinem gesamten Gelenk- und Kno-
chensystem vermutlich schlecht bekommen würde,
wenn ich mich dieser schweren Arbeit weiterhin
widmete. Es war klar: Hilfe musste her. Nicht irgend
eine, sondern ein Mann, der harte körperliche Arbeit
gewohnt war.

Ich hatte Glück. Mein Sohn fand einen Albaner, der
im Straßenbau gearbeitet hatte. Es war ein jüngerer
sehr freundlicher Mann. Stets fröhlich bei der Arbeit. Er arbeitete in einem Tempo, dass ich fast
Angst bekam, er könne sich schaden. Jedenfalls hatte er innerhalb weniger Tage alle Wege ausgehoben.
Ein paar Pflanzen in den Beeten hatten durch seinen
Eifer zwar dran glauben müssen, wenn er mit
Schwung die Karre voll lud, aber was war das schon
gemessen an seiner Leistung. Ich hätte ihn gerne für
weitere Arbeiten angestellt, aber er hatte andere Plä-
ne. Er erzählte mir viel von seiner Heimat und auch
über seinen Glauben. Er war Mohammedaner, be-
tonte aber stolz, dass die Albaner den Islam ganz
anders begreifen als der Rest ihrer Glaubensbrüder.
Insbesondere, dass sie ihre Frauen achten und

respektieren und sie nicht verhüllt herumlaufen müssten. Nun, ich weiß nicht, wohin ihn seine weiteren Wege führten, aber es war eine sehr erfreuliche Begegnung.

Nachdem der Erdaushub bewältigt war ging es ans Ausstreuen der Baumrinde. Endlich eine leichte Arbeit. Meine Enkel halfen mir mit Begeisterung dabei. Das Resultat war mehr als erfreulich. Wunderschön lag nun der Kräutergarten da vor meinen Augen und ich hoffte, dass die Wege nun vom Unkraut verschont blieben. Dies war übrigens im Herbst vor drei Jahren die letzte Arbeit vor meiner Abfahrt.

Wie es wohl weiter gehen mag

Schwerwiegende Gründe und private Verpflichtungen führten dazu, dass ich während zwei Jahren nicht nach Frankreich fahren konnte. Wie mochte der Kräutergarten in der Zwischenzeit wohl aussehen? Meine schlimmsten Befürchtungen wurden noch bei weitem übertroffen. Ein einziger Dschungel bot sich meinen Augen als ich nach längere Abwesenheit definitiv nach Frankrcich umzog und meinen Garten wieder betrat. Die einzelnen Beete waren kaum noch zu unterscheiden, überall Unkraut und kreuz und quer war alles von Brombeerranken überwuchert. Nur die Wege liessen sich noch erahnen. Leider konnte ich mich während längere Zeit kaum um den Garten kümmern. Die Bewältigung meines Umzugs, d.h. aus zwei Haushalten einen zu machen, stellte mich vor ein Riesenproblem, auf das ich hier aber nicht weiter eingehen möchte. Es kostete mich mehr als ein Jahr Zeit..

Nun will ich aber wieder zu meinem Kräutergarten zurückkommen. Als ich mich dieser Arbeit erneut stellte, wurde ich immer stiller. Meine Gefühle schwankten zwischen Wut und Verzweiflung, Traurigkeit und dem Trotz, es dennoch zu schaffen. Also begann ich recht vorsichtig, mir einen Ueberblick zu verschaffen. Das Meiste war wirklich hinüber bis auf wenige Kräuter. Und das war natürlich der Fenchel. Ueberall hatte er sich vermehrt und schickte nun im Frühjahr seine feinen, hellgrünen zarten Blättchen zwischen all den Brombeerranken ans Licht. Pfefferminze zeigte sich auch an vielen Stellen, ein bisschen Zitronenmelisse und der jämmerliche Rest von dem ehemals stattlichen Salbeistrauch. Gedankenverloren kehrte ich in mein Haus zurück und versenkte mich in einen Haufen kluger Gartenbücher. Beim Anblick all der schönen Abbildungen kehrte langsam so etwas wie kreative Motivation zurück. Ich musste den Anfang mit etwas machen, das mir Auftrieb verlieh. Also fuhr ich kurz entschlossen in ein Gartenzentrum und schlenderte zwischen all den schönen Pflanzen herum, wusste aber genau, der Zeitpunkt wäre falsch gewesen schon jetzt etwas zu kaufen. So ging ich in die Abteilung, wo es die verschiedensten Samentüten zu kaufen gab und deckte mich ein. Im Gewächshaus konnte ich ja mit der Arbeit des Säens anfangen

Wieder zurück in meinem Garten wollte ich dennoch schon einige Beete freilegen, um einige Kräuter zu setzen, bei deren Anblick ich nicht hatte widerstehen können sie zu kaufen.

Und so begann ich mit Hacken und Jäten, Hacken und Jäten. Aber mein Rücken!!!. Ich konnte mich kaum aufrichten. Also zwischendurch eine Arbeit machen, bei der ich aufrecht stehen konnte. So nahm ich mir mal all die Brombeerranken vor, die sich in

Bäumen und Sträuchern in die Höhe rankten. Allzu lang ging diese Arbeit aber auch nicht. Die grosse Astschere ist nicht so leicht über längere Zeit in die Höhe zu halten. Diesmal streikten meine Schultergelenke. Also wieder zurück zum Boden. Wenigstens ein kleines Stückchen Erde bekam ich frei und konnte so drei Estragonpflanzen aus ihren engen Töpfen befreien und in die Erde setzen. Obwohl ich mich bei ihrem Anblick freute, war gemessen an der Grösse des Gartens meine Arbeit geradezu ein Witz. Ich musste einsehen, dass es langsam Zeit wird, dass ich meinem Alter von nunmehr 81 Jahren endlich Zugeständnisse einräumen muss. Aufgeben werde ich nicht. Es geht eben nur sehr langsam voran und ab und zu muss ich mehr Hilfe in Anspruch nehmen. Weniger Kräuter, aber viele Blumen sollen in diesem Sommer in meinem Garten noch Einzug halten.

Und was dann kommt? Wer weiss es schon. Nichts ist für die Ewigkeit geschaffen. Alles unterliegt dem ständigen Wandel und ohne Traurigkeit akzeptiere ich, dass ich nie einen „Klostergarten" haben werde, aber so lange es mir vergönnt ist, werde ich Freude an der Arbeit mit Pflanzen und Erde haben. Und sobald ich an die eben erwähnte Ewigkeit denke, so kommt die Traurigkeit hoch, wenn ich sehe, wie sich das Klima unserer Erde verändert und trotz dieser Tatsache die Macht- und Geldgier einiger Weniger zu ständig weiterer Ausbeutung und Vernichtung unserer Tier- und Pflanzenwelt führt. Aber auch trotz aller wissenschaftlicher Fortschritte wer weiss schon, welch Schicksal unserem schönen Planeten im gesamten Kosmos beschieden ist.